"一带一路"沿线国家经典诗歌文库
（第一辑）

主编　赵振江

副主编　蒋朗朗　宁琦　张陵

缅甸诗选

李谋　张哲　编译

作家出版社

译者李谋

李谋

一九三五年十一月生，河北唐山人。

北京大学外国语学院教授、博士生导师。

二○○九年获中国翻译协会颁发的资深翻译家荣誉证书。长期从事缅甸历史文化的教学与研究。

主编《古代东南亚史》《四大文化与东南亚文学》《缅甸历史论集——兼评〈琉璃宫史〉》等，合著《东方文学概论》《多元·交汇·共生——东南亚文明之路》《缅甸文化综论》《缅甸文学史》《缅甸古典小说翻译与研究》等，译注世界学术名著《琉璃宫史》以及缅甸文献多篇，参加《中国大百科全书》《东方文学词典》《缅汉词典》等大型辞书编撰，发表论文多篇并于二○一四年出版个人论文集《缅甸与东南亚》。

译者张哲

张哲

一九八三年十月生,北京大学外国语学院讲师。

二〇〇二年进入北京大学东语系缅甸语专业学习,二〇〇九年毕业后留校任教至今。

长期从事缅甸语教学和缅甸文化、上座部佛教研究工作。发表《信第达巴茂克碑文的历史价值》《心路——上座部九心轮论简析》等论文若干篇,合著《东南亚宗教艺术》。

目　录

总　序

　　二〇一三年秋，习近平主席先后提出建设"丝绸之路经济带"和"二十一世纪海上丝绸之路"（简称"一带一路"）的倡议。"一带一路"一经提出，便在国外引起强烈反响，受到沿线绝大多数国家的热烈欢迎。如今，它已经成了我们在政治、经济和文化生活中最具活力的词汇。"一带一路"早已不是单纯的地理和经贸概念，而是沿线各国人民继往开来、求同存异、构建人类命运共同体的幸福路、光明路。正如一首题为《路的呼唤》[1]的歌中所唱的：

> ……
> 有一条路在呼唤
> 带着心穿越万水千山
> 千丝万缕一脉相传
> 注定了你我相见的今天
> 这一条路在呼唤
> 每颗心都是远洋的船
> 梦早已把船舱装满
> 爱是我们共同的家园
> ……

　　习主席关于构建人类"政治互信、经济融合、文化包容的利益共同体、命运共同体和责任共同体"的主张是人心所向，众望所归。联合国将"构

1　《路的呼唤》：中央电视台特别节目《一带一路》主题曲，梁芒作词，孟文豪谱曲，韩磊演唱。

1

建人类命运共同体"写入大会决议，来自一百三十多个国家的约一千五百名贵宾出席二○一七年五月十四日在北京举行的"一带一路"国际合作高峰论坛，就是最有力的证明。

在国与国之间，政治互信、经济融合、文化包容的基础在民心，而民心相通的前提是相互了解和信任。正是出于这样的理念，我们决定编选、翻译和出版这套"'一带一路'沿线国家经典诗歌文库"，因为诗歌是"言志"和"抒情"最直接、最生动、最具活力的文学形式，诗歌最能反映大众心理、时代气息和社会风貌。"'一带一路'沿线国家经典诗歌文库"是加强沿线各国人民之间相互了解和信任的桥梁。

"'一带一路'沿线国家经典诗歌文库"的创意最初是由作家出版社前总编辑张陵和中国诗歌学会会长骆英在北京大学诗歌研究院院会提出的。他们的创意立即得到了谢冕院长和该院研究员们的一致赞同。但令人遗憾的是，在本校的研究员中只有在下一人是外语系（西班牙语）出身，因此，他们就不约而同地把这套书的主编安在了我的头上。殊不知在传统的"一带一路"沿线国家中，没有一个是讲西班牙语的。可人家说："一带一路"是开放的，当年"海上丝绸之路"到了菲律宾，大帆船贸易不就是通过马尼拉到了墨西哥吗？再说，巴西、智利、阿根廷三国的总统不是都来参加"一带一路"国际合作高峰论坛了吗？怎么能说"一带一路"和西班牙语国家没关系呢？我无言以对。

古丝绸之路是指张骞（前一六四年至前一一四年）出使西域时开辟的东起长安，经中亚、西亚诸国，西到罗马的通商之路。二○一三年九月七日，习近平主席在哈萨克斯坦纳扎尔巴耶夫大学演讲时，提出共建"丝绸之路经济带"的主张，赋予了这条通衢古道以全新的含义，使欧亚各国的经济联系更加紧密、相互合作更加深入、发展空间更加广阔，从而造福沿途各国人民。至于古老的"海上丝绸之路"，自秦汉时期开通以来，一直是沟通东西方经济和文化交流的重要渠道，尤其是东南亚地区，自古就是"海上丝绸之路"的重要枢纽。习主席建设"二十一世纪海上丝绸之路"的构想使其在新的历史起点上，有了更加重要而又深远的意义。

"一带一路"沿线国家主要包括西亚十八国（伊朗、伊拉克、格鲁吉亚、亚美尼亚、阿塞拜疆、土耳其、叙利亚、约旦、以色列、巴勒斯坦、沙特阿拉伯、巴林、卡塔尔、也门、阿曼、阿拉伯联合酋长国、科威特、黎巴嫩），中亚六国（哈萨克斯坦、土库曼斯坦、吉尔吉斯斯坦、乌兹别克斯坦、塔吉克斯坦、阿富汗），南亚八国（尼泊尔、不丹、印度、巴基斯坦、孟加拉国、斯里兰卡、马尔代夫、阿富汗），东南亚十一国（印度尼西亚、马来西亚、菲律宾、新加坡、泰国、文莱、越南、老挝、缅甸、柬埔寨、东帝汶），中东欧十六国（阿尔巴尼亚、波斯尼亚和黑塞哥维那、保加利亚、克罗地亚、捷克、爱沙尼亚、匈牙利、拉脱维亚、立陶宛、马其顿、黑山、罗马尼亚、波兰、塞尔维亚、斯洛伐克、斯洛文尼亚）。独联体四国（俄罗斯、白俄罗斯、乌克兰、摩尔多瓦），再加上蒙古和埃及等。

从上述名单中不难看出，"一带一路"沿线国家多为文明古国，在历史上创造了形态不同、风格各异的灿烂文化，是人类文明宝库重要的组成部分。诗歌是文学的桂冠，是文学之魂。文明古国大都有其丰厚的诗歌资源，尤其是经典诗歌，凝聚着国家和民族的精神和理想。各国之间的文化交流与经贸往来，既相互交融又相互促进，可以深化区域合作，实现共同发展，使优秀文化共享成为相关国家互利共赢的有力支撑，从而为实现习主席构建人类命运共同体的伟大目标打下坚实的文化基础。

"一带一路"沿线国家多是发展中国家。长期以来，我们一直比较重视对欧美发达国家诗歌的译介，在"经济一体、文化多元"的今天，正好利用这难得的契机，将这些"被边缘化"国家的传统文化和民族精神纳入"一带一路"的建设，充分发掘它们深厚的文化底蕴，让它们的古老文明在当代世界发挥积极作用，使"文库"成为具有亲和力和感召力的文化桥梁。

"一带一路"沿线国家又多是中小国家。它们的语言多是非通用的"小语种"，我国在这方面的人才储备相对稀缺，学科建设相对薄弱；长期以来，对这些国家的文学作品缺乏系统性的译介和研究。从这个意义上说，"文库"的出版具有填补空白的性质，不仅能使我们了解这些国家的诗歌，也使相关的学科建设和学术研究有了新的生长点。

"'一带一路'沿线国家经典诗歌文库"的现实意义和深远影响已经很清楚了，但同样清楚的是其编选和翻译的难度。其难点有三：一是规模庞大，每个国家一卷，也要六十多卷，有的国家，如俄罗斯、印度，还不止一卷；二是情况不明，对其中某些国家的诗歌不是一无所知也是知之甚少，国内几乎从未译介过，如尼泊尔、文莱、斯里兰卡等国；三是语言繁多，有些只能借助英语或其他通用语言。然而困难再多，编委会也不能降低标准：一是尽可能从原文直接翻译，二是力争完整地呈现一个国家或地区整体的诗歌面貌。

总之，"文库"的规模是宏大的，任务是艰巨的，标准是严格的。如何完成？有信心吗？答案是肯定的。信心从何而来呢？我们有译者队伍和编辑力量做保证。

"'一带一路'沿线国家经典诗歌文库"的编译出版由北京大学外国语学院和中国作家出版社联袂承担，可谓珠联璧合，阵容强大。

北京大学外国语学院是国内外国语言文学界人才荟萃之地，文学翻译和研究的传统源远流长。北大外院的前身可以追溯到京师同文馆（一八六二年）和京师大学堂（一八九八年）。一九一九年北京大学废门改系，在十三个系中，外国文学系有三个，即英国文学系、法国文学系、德国文学系。一九二〇年，俄国文学系成立。一九二四年，北京大学又设东方文学系（其实只有日文专业）。新中国成立后，东语系发展迅速，教师和学生人数都有大幅度增长。一九四九年六月，南京东方语言专科学校和中央大学边政学系的教师并入东语系。到一九五二年京津高校院系调整前，东语系已有十二个招生语种、五十名教师、大约五百名在校学生，成为北大最大的系。

一九五二年院系调整时，重新组建西方语言文学系、俄罗斯语言文学系和东方语言文学系。其中西方语言文学系包括英、德、法三个语种，共有教师九十五人，分别来自北大、清华、燕大、辅仁、师大等高校（一九六〇年又增设西班牙语专业）；俄罗斯语言文学系共有教师二十二人，分别来自北大、清华、燕大等高校；东方语言文学系则将原有的西藏语、维吾尔语、西南少数民族语文调整到中央民族学院，保留蒙、朝、日、越、暹罗、印尼、缅甸、印地、阿拉伯等语言，共有教师四十二人。

北京大学外国语学院于一九九九年六月由英语系、西语系、俄语系和东语系组建而成，下设十五个系所，包括英语、俄语、法语、德语、西班牙语、葡萄牙语、日语、阿拉伯语、蒙古语、朝鲜语、越南语、泰国语、缅甸语、印尼语、菲律宾语、印地语、梵巴语、乌尔都语、波斯语、希伯来语等二十个招生语种。除招生语种外，学院还拥有近四十种用于教学和研究的语言资源，如意大利语、马来语、孟加拉语、土耳其语、豪萨语、斯瓦西里语、伊博语、阿姆哈拉语、乌克兰语、亚美尼亚语、格鲁吉亚语、阿塞拜疆语等现代语言，拉丁语、阿卡德语、阿拉米语、古冰岛语、古叙利亚语、圣经希伯来语、中古波斯语（巴列维语）、苏美尔语、赫梯语、吐火罗语、于阗语、古俄语等古代语言，藏语、蒙语、满语等少数民族及跨境语言。学院设有一个一级学科博士点、十个二级学科博士点和一个博士后流动站，为北京市唯一外国语言文学重点一级学科。学院师资力量雄厚：全院共有教师二百一十二名，其中教授六十名、副教授八十九名、助理教授十六名、讲师四十七名，拥有博士学位的教师一百六十三人，占教师总数的百分之七十七。

从以上的介绍不难看出，北京大学外国语学院的语言教学和科研涵盖了"一带一路"的大部分国家，拥有一批卓有成就的资深翻译家和崭露头角的青年才俊，能胜任"文库"的大部分翻译工作。至于一些北大没有的"小语种"国家，如某些中东欧国家，我们邀请了高兴（罗马尼亚语）、陈九瑛（保加利亚语）、林洪亮（波兰语）、冯植生（匈牙利语）、郑恩波（阿尔巴尼亚语）等多名社科院外文所和兄弟院校的专家承担了相应的翻译工作，在此谨对他们表示诚挚的敬意和衷心的感谢。

有好的翻译，还要有好的编辑。承担"'一带一路'沿线国家经典诗歌文库"编辑出版任务的作家出版社是国家级大型文学出版社，建社六十多年来出版了大量高品质的文学作品，积累了宝贵的资源和丰富的经验。尤其要指出的是，社领导对"文库"高度重视，总编辑黄宾堂、前总编辑张陵、资深编审张懿翎自始至终亲自参与了所有关于"文库"的工作会议，和北大诗歌研究院、北大外国语学院的领导一起，精心策划，全力以赴，保证了"文库"顺利面世。

最后还要说明的是，"'一带一路'沿线国家经典诗歌文库"得到了北大校领导的大力支持。"文库"第一批图书的出版恰逢北京大学建校一百二十周年（一八九八年至二〇一八年），编委会提出将这套图书作为对校庆的献礼。校领导欣然接受了编委会的建议，并在各方面给予了大力支持，校党委宣传部部长蒋朗朗同志从始至终参与了"文库"的策划和领导工作。至于北京大学外国语学院的领导更是责无旁贷地承担了全部翻译工作的设计、组织和落实。没有他们无私忘我、认真负责的担当，完成这样艰巨的任务是不可能的。

"'一带一路'沿线国家经典诗歌文库"第一批诗作即将出版，这只是第一步，更艰巨的工作还在后头；更何况随着时间的推移，"一带一路"的外延会进一步扩展，"文库"的工作量和难度也会越来越大。但无论如何，有了这样的积累，我们完全有理由相信，"'一带一路'沿线国家经典诗歌文库"会越来越好。为了实现这样的目标，我们期待着领导、业内同仁和广大读者的批评指教。

赵振江

二〇一七年秋于北京大学蓝旗营寓所

前　言

　　根据考古得知缅甸文是在缅甸蒲甘王朝（九世纪中叶至十三世纪末）初期才出现的，到了十二世纪初有了成段缅甸文的记载，其中包括写在佛窟壁画下方的说明文字——壁画文和把记录施舍善行的经过以及祝祷词语刻于石碑之上的碑文等。所以人们说：缅甸文学始于蒲甘碑铭。在这些简短的白话文中个别段落也有带韵味的文字，这些可以说是缅甸诗歌的萌芽。比如《勃骠马梯莱辛碑文》《莱陶佛塔碑文》《格宋欧寺碑文》等碑文之中都有这样的文字段落。

　　到了蒲甘王朝末期即十三世纪也有少数几首林伽（意即：或长或短的四言诗）留传于世。如《卜巴神山》《翠湖颂》等。

　　蒲甘王朝之后，缅甸进入各族争霸的战国时期（十三世纪末至十六世纪初）。这时期之内，各族建立的小王朝之间争战不已，思想文化非常活跃，因此也成就了一个缅甸文学大发展的年代，诗歌的水平无论是在内容方面还是在写作技巧方面都比蒲甘时期有了很大提高。这一时期前半段（十三世纪末至十四世纪中）被缅甸人称之为彬牙时期。主要出现了描述武士们演练杀敌比武、挥舞盾戟表现英勇精神的"加钦"（舞盾歌）和记述季节、典仪等内容的四言诗体"雅都"（赞歌）两种诗体。这一时期后半段（十四世纪中至十六世纪初）也被缅甸人称之为阿瓦时期，出现了对宫中幼弱王子王孙们进行启蒙教育的"埃钦"（摇篮歌）、描写山林美景的季节诗的先驱"多拉"（林野颂）、重点描述帝王霸业成就的"茂贡"（记事诗）和以佛陀史五百五十佛本生故事为主要内容描绘佛陀轶事的四言长诗"比釉"等等诗体。总之，这一时期出现了许多诗人，尤其是有些僧侣诗人成为后世缅甸人心目中诗圣诗仙级人物，如信摩诃蒂拉温达和信摩诃拉塔达拉。

　　继战国时期而来的是东吁王朝时期（十五世纪末至十八世纪五十年

代），它是继蒲甘王朝之后第二个统一缅甸全境的王朝。十五世纪末至十六世纪末是这一时期的前期，王朝统治者四处征讨，降伏称霸，巩固领土，拓展领地，战火纷飞。以战争为背景的诗尤多。可以发现在当时所著的诗歌中雅都、埃钦等诗体有了长足的发展。十七世纪直至十八世纪五十年代是这一时期的后期，也是东吁王朝的衰落期。先后出现了"安钦"（拉纤歌）、"鲁达"（长声调）、"哦钦"（带呼语的歌）、"纳丹"（神曲）、"丹钦"（怀旧歌）、"丹报"（三行短诗）等新诗体。但是在该时期诗歌中最著名的两种是"德耶钦"（乐歌）和"嗳钦"（全声调）。众多作家中以俗家居多，平民事务大臣巴德塔亚扎为了使人们看到、理解并同情山野间农民贫苦人们的生活写出了很典型的"德耶钦"诗，女诗人东敦信宁梅以及一些不知名者写出了农村的诗歌"嗳钦"诗。缅甸诗歌走进现实、走进民间、走进生活，可以说"德耶钦"诗人把"德耶钦"作为一种展示，而"嗳钦"诗人们用"嗳钦"当成一种"道白"来描绘缅甸的广大农村。

到了缅甸最后一个王朝——贡榜王朝时期（十八世纪五十年代至十九世纪八十年代中），雅都、埃钦、茂贡、比釉等传统诗体继续流行。有的在描述内容与写作技巧等方面有了不同。还出现了像"雅甘"（谐趣诗）、"达钦"（雅歌）、"霍萨"（布道诗）、"修莱"（剃度诗）等新诗体。既有长诗又有短诗。以前已出现的安钦、嗳钦、哦钦、德耶钦等短诗体仍然应用，而一种新创造的被称之为"德塌"（十八行连韵诗的短诗体）尤为盛行。增加了"欧钦"（哀歌）、"尼钦"（叹歌）等歌体诗和两折诗、三折诗、四折诗等折体诗。其中，"东钦"（花炮歌）、"垄钦"（拔河歌）是表现民俗的诗，而"大鼓曲""峦钦"（抒怀歌）是乡野农村的诗。此时诗人多、诗作多、诗体多，佳作也多，因此缅甸人称贡榜王朝时期为缅甸文学集锦时期。

纵观王朝时期的缅甸诗歌大多是写佛、写王室贵族的，而写普通劳苦大众的只是极少数，且因这些被认为是不登大雅之堂之作难以流传至今。作者则大多是皇室王孙、达官贵人，或是高僧法师。作品大多是奉命应和之作，很少是有感而发写成的。

十九世纪末叶，缅甸王朝覆灭后沦落为大英帝国的殖民地，第二次世界大战期间又惨遭日本法西斯蹂躏数载，缅甸进入殖民统治时期（十九世纪末至二十世纪四十年代末）。这一时期在缅甸诗歌史上树立了里程碑。诗体大多采用以前早已出现的三行短诗、两折诗、德塌、嗳钦等等，新出现的诗体不多，只有仿佛经偈陀写法的八言诗和四折长诗等。特点是缅甸政治情况大多反映在漫画配连韵诗和四折诗中。还有德钦哥都迈老先生，为了取得人类的公正、团结、自由和平等竭尽全力奋斗，用四折长诗来反对帝国主义争取民族解放。二十世纪二十年代末开始，由佐基、敏杜温等当时仰光大学学生们带头写出的实验文学诗歌出现在文坛上，活跃了近十年。第二次世界大战时期缅甸的诗作甚少，歌曲比诗更加盛行。战后独立前夕出现了一些表现战时经历、政治问题，表达个人观点、爱国情感等内容的诗歌。诗人们在实验文学诗歌基础上沿着新诗的道路继续前进，如：达贡达亚、基埃等诗人根本不用严格的传统押韵法，而用比较宽松的押韵办法写出新的想象、描绘新的事物。

一九四八年缅甸独立后，人们不仅把诗歌作为表现个人生活感受、社会观点的载体，也作为为了国家与人民斗争的文学武器。诗歌作为人民之窗、人民灯塔，来组织鼓励人民群众在德智体诸方面提高。从二十世纪五十年代起开始出现了较多的缅文翻译诗歌。印度文豪泰戈尔的诗、波斯大诗人欧玛尔·海亚姆的四行诗集都从英文译成了缅文，也有了日本、德国诗的缅文译作。我国唐代白居易的诗、当代名诗人艾青的诗、陈毅元帅访缅诗章都被缅甸作家译出在报刊上发表，到了二十一世纪初更有缅甸学者设法参照中文原文将毛主席的诗词译成缅文出版双语对照的单行本。这些诗词的译者大多是缅甸当代的著名作家，文学造诣较高，译文水平上乘，有的娴熟地运用了相适应的缅甸诗体，也有的巧妙地将对象国的独具特色的诗体、润色手法、写作风格等融入译文之中。这对缅甸诗歌领域影响较大，所以一些后来者就按照这些原则写起了更加自由的自由体诗歌和无韵诗。

缅甸语有四声，称之为升声（低平）、降声（高降）、低声（高平）和止声（短促）。升声、降声、低声三者各十八种、止声有十种，共计六十四种称之为六十四韵。

在作诗时往往又将声音分成起声（平）与伏声（仄）两大类。缅甸语四声中升声十八种属起声，而其他三者降声十八种、低声十八种和止声十种都包括在伏声之列。

缅甸历代发展出来的诗体约有七八十种左右，大致可分为五类，即：三行短诗、折体诗、连韵诗、四言诗和杂体诗，而诗中大多为四言。

缅甸诗歌基本写法有四言和非四言两种。四言句的押韵法有如下七类：

三句一韵的有两类：一类是头行第四字、次行第三字与第三行第二字押韵，称之为四—三—二式（即三谐韵，还可进一步分成严格三谐韵、指针韵、尾异韵、首异韵等）；另一类是头行第四字、次行第三或第二字与第三行第二或第一字押韵的四—三——式或 四—二——式（即特殊三谐韵）。

两句一韵的有五类，即：四—三式、四—二式、四——式、三—二式和三——式（除其中四——式称之为尾首韵外，其余四种皆称之为妖笑韵，意即连非人的妖怪都会耻笑的押韵法）。

在运用上述押韵法行文作诗时还应尽量避免形成"外宁"韵（在应押韵的地方连续用同音同形相同字母拼写的字）或"夸涛"韵（在应押韵的地方相隔一或二处就出现同音同形相同字母拼写的字）。

在四言诗和三行短诗中皆采用上述押韵法。其他非四言诗的内韵基本按上述规律办，尾韵则按各段的结尾字押韵法。

李　谋

蒲甘碑铭

　　在缅甸蒲甘壁画文、碑文的个别片段中，有一些押韵的文字，从中可见缅甸诗歌的雏形。如劳加太班寺中《杜温那达玛本生壁画文》、《勃牂玛梯莱辛碑文》《莱陶佛塔碑文》《格宋欧寺碑文》碑文中的片段文字，都是带有韵脚的。

杜温那达玛本生壁画文（节选）

来世佛陀，
递过藤蔓，
（失明双亲）[1] 踆入庙中，
来世佛陀又复活，
失明双亲亦复明。

（李谋　译）

1　"失明双亲"几字在原文中没有，为了读者能准确理解原意，译者加了
这几字。为了读者能形象地理解缅甸诗歌一般的押韵法，译文前三行中
的"陀""过""踆"正好表示缅甸文一个韵的押韵字应处的位置。译文
后两行的"复活"与"复明"，又表示了缅甸一般所谓押尾韵的办法。

勃粦玛梯莱辛碑文（节选）

名为欧德，
得楞族[1]国，
将其粉碎，
荡平攻克。

（李谋　译）

1　得楞族：古孟族。

莱陶佛塔碑文（节选）

罪行有八，
十种刑罚，
现世现报，
即刻事发。

（李谋　译）

格宋欧寺碑文（节选）

人世天宫，
轮回无终，
漫漫长远，
反复其中。
若生人间，
贵族上层，
转轮王[1]福，
吾望享用。

（李谋　译）

蒲甘早期诗歌

蒲甘早期诗歌篇幅短小，字数工整，韵脚严谨，用词古雅，层次分明，善用比喻，意境高远，显示出相当高的艺术水平，对后世缅甸诗歌影响深远。

卜巴神山 [1]

佚 名

啊！

卜巴神山，

高耸入云端；

林深密，

终年百花园；

香意浓，

金制姣玉兰。

啊！

花魁玉兰，

国色人人赞；

赛花女，

婀娜美婵娟。

念郎君，

天涯何时还？

啊！

两小无猜，

---

1 《卜巴神山》据信是当前发现的缅甸最古老的一首诗。该诗发现于后世编辑成的部分缅甸诗选中，作者佚名。原诗用词古雅，有好几处用的是缅甸古语；全诗分四章，每章的第一句都用了呼语，很像蒲甘早期一些民歌的格调。故缅甸学者们认定它是一首蒲甘早期诗歌。它朴实地描绘了一个少女的内心感受。该诗字数工整，韵脚严谨，四章前后呼应，一气呵成，反映了当时缅甸诗歌已具备较高的艺术水平。

青梅戏竹马；

手足情，

情如并蒂莲。

爱奴家，

此心永不变。

唉！

别人难怨。

用情不专，

深自惭。

移恋那，

宦门后，

红衣碧伞，

翩翩美少年。

（李谋　译）

自然律 [1]

阿难多都利耶

一人发展，
他人遭难。
此乃世俗，
规律自然。

金殿堂皇，
卿相两厢。
王权富贵，
水泡汪洋。

慈悲宏恩，
今日赦臣，
众生万物，
皆难永存。

1　本诗作者阿难多都利耶为缅王明因那拉登卡（一一七○年至一一七三年在
　位）的内傅之子。一一七三年王弟那腊勃底西都弑兄自立为王。即位后，
　下令捕杀阿难多都利耶。他面对死亡，毫无惧色，提笔赋诗四章交行刑
　手，请他们将诗转呈那腊勃底西都王。在诗中，作者表达了所信奉的佛
　教哲理，认为荣华富贵如海中浮沤，转瞬即逝，世事难逃因果业力之轮，
　自己将以豁达的态度去面对。
　全诗原文不到百六十字，用词简洁，层次分明，还运用了比喻手法。这表
　明当时四言诗已有很大发展。同时也表明佛教哲理已深入影响到文学领
　域。故历来缅甸学者对此诗评价甚高。但近年来陆续有学者提出异议认为
　从该诗用词分析，很多词语是蒲甘时期之后才出现的，所以很可能是后人
　借蒲甘阿难多都利耶之名所写。但至今仍在争论中，尚无公论。

跪奏至尊，

人生如轮，

重逢不咎，

无常谛真。

（李谋　译）

翠湖颂 [1]

佚 名

碧波水寒，
源自山间。
粼粼闪烁，
脉脉清泉。
幽幽芬芳，
婷婷玉莲。
磐石岸边，
妙语声喧。
百鸟栖止，
仙境神潭。

（李谋 译）

---

1 《翠湖颂》四言诗原文极短，仅有三十八字。按翻译应尽力做到神似形似的原则，译者也用了四言一句，共用十句四十字译出。本诗写的是蒲甘东南约八英里处杜云山脚下的翠湖景色，江喜陀王时期修建，加苏瓦王时期又重新修浚。当时原名为"伟大天堂之水"，又名"天堂湖"，此后因语音变化称其为"翠湖"。本诗意境很深，动静景物交相辉映，寥寥数语，将美好的自然风光栩栩如生地勾画出来，让人读后有身临其境之感。缅甸文学界认为《翠湖颂》反映了蒲甘时期诗歌艺术的高峰，是蒲甘早期诗歌的新形式，是缅甸四言诗的源头。

五白象之主觉苏瓦

（一二九九年至一三五一年）

彬牙王朝的一名君王，原名觉苏瓦，因在位期间曾捕获五头白象而得名。一三四三年即位为王，是一位著名的加钦诗诗人。

"加钦"是缅甸一种四言古诗体，是古代军士习武战歌。古时士兵常手持盾牌习武作战，人们模仿此动作，边跳边唱。集体唱和，用词纯朴，歌颂祖国，鼓舞士气。

敏塞金城 [1]

忉利天庭,

仙境啊?! 仙境?!

真情实景。

贵人! 我的贵人!

真情实景。

友朋! 我的友朋!

真情实景。

至亲! 我的至亲!

敏塞、敏塞 [2],

金城啊! 金城!

金色大地,

素馨开遍;

青草蔓藤,

层层布满。

南风阵阵,

雨丝成线。

山顶上,

金塔立,

佛陀舍利存其间。

土地肥,

良田沃,

玉黍金黄报丰年。

鹧鸪、鸦鹃、鸽子与土鸡,

---

1 本诗为加钦诗。

2 敏塞: 彬牙王朝时的王都所在地。

纷纷飞至此田间；

鹦鹉、雉雀，结伴双成对，

匆匆觅食不得闲。

象夫马弁象马军，

投枪长矛冲敌前。

高贵王子乘象王，

飞速难挡齐挺进。

凯旋回师朝鼓响，

楼阁巍峨耸宫墙。

处此宝地神君王，

殿堂熠熠生辉光，

与云彩相映，

浴明媚阳光。

（李谋 译）

阿都敏纽

（约一四一三年至一四六三年）

　　诗人，若开王朝巴绍漂王在位时的一位重臣。

　　"埃钦"是专为王子或公主创作的一种四言摇篮曲和启蒙诗，是进行爱国主义教育和民族传统教育的好教材。因它一般都以"ei"音为尾韵而得名。

若开公主[1]（节选）

"埃"声悠扬，

宝篮摇晃。

啼哭幼婴，

号啕儿郎，

安然入寐，

沉睡梦乡。

价值十万，

摇篮玲珑，

细柔松软，

无比宽敞。

诸侯属国，

贡品送上，

优质细布，

铺垫得当。

上面绷紧，

顶帐一方，

九种珍宝，

精嵌细镶。

金篮之侧，

着意装潢，

金叶摇曳，

1　本诗为埃钦诗，是为巴绍漂王之女所作。写于一四五五年。全诗分成
三十四段。主要内容是写公主的直系王族世系。虽然不如后来的东吁王
朝、贡榜王朝的埃钦那样内容充实饱满，但文字清晰，言简意赅，是缅
甸文学史上第一部埃钦诗，也是后来同类作品的先导。此处所译两小段，
一是描述公主的摇篮的，另一是颂扬巴绍漂王的。

16

金铃叮当。
扶手立柱，
丝线缠绑，
彩色绳带，
分落两旁。
歌声美妙，
"埃"声悠扬。
……
维沙里城，
六牙白象，
一十二匹，
毛色纯良。
赫赫大名，
远震海疆，
姜陀罗国，
焦礼羯城。
帝释赐予，
飞矛神枪，
宝弓利剑，
社稷富强。
王系九代，
赋税保障，
宝石神雨，
从天而降。
国泰民安，
颂声传扬。
人间威势，
强盛之邦。

（李谋　译）

萨杜英格勃拉大臣

（生卒年代不详）

彬牙时期的一位大臣，是至今发现的最早雅都诗的作者。

"雅都"意即赞歌，四言律诗的一种。它产生在彬牙时期，题材十分宽泛，可以写节气时令，写祈神祀塔，写征战杀敌，也可歌功颂德，描述爱慕真情。按形式可分三种，即：单段雅都、三段雅都和待续雅都（只写两段，他人可以续写的雅都）。一般每句四字，弱化音节不计在字数之内。每段句数不一，最少七句，最多可在百句以上。段尾常见为七字。三段雅都则要求三段的起韵和尾韵相同。

法　谛[1]（节选）

法师足下，
仆臣敬禀，
谦谨求问，
十分惶恐。
虽然畏缩，
长跪卑恭，
如头戴花，
叩谒至诚。
五部尼迦，
三藏佛经，
全神贯注，
真谛神圣。
大德祖师，
智慧无穷，
请予赐教，
开示推演。
人神梵天，
三界众生，
大善大德，
难比此行。
涅槃乐土，

1　本诗被人们认为是缅甸第一首雅都诗。为彬牙时期萨杜英格勃拉大臣所
作，是写给包甘法师请教佛法的一首宗教哲理诗。本诗形式规范、内容
深奥、韵律严谨，是一首标准的三段雅都诗。

伸手攀登，

感激不尽，

法喜融融。

（李谋　译）

信都耶

（生卒年代不详）

阿瓦王朝摩诃底哈都拉王在位时的一位官员，行伍出身，并非僧侣。是缅甸本部第一部埃钦诗《德钦兑》的创作者，还写过征人雅都诗等。

德钦兑[1]（节选）

列祖列宗，

三摩多起，

从头叙述，

八万代系。

史实种种，

立国业绩，

有口皆碑，

赞扬称誉。

……

公主先王，

英勇无敌，

武功盖世，

势如霹雳。

德多德多，

众人畏惧，

南岛各地，

尽皆惊悸，

诸邦各国，

抚胸叹息。

声威赫赫，

荡尽仇敌，

四方鼎沸，

1　本诗为埃钦诗，是缅甸本部创作的第一部埃钦。比若开人阿都敏纽创作的第一部埃钦《若开公主》，晚问世二十年。主要内容是叙述德钦兑的宗族世系，并通过对祖先征战业绩的描写，歌颂国王的威德。

叩拜齐聚，

天下为证，

功绩称奇。

（李谋　译）

田野沃原 [1]

田野沃原，
芬芳如兰，
香气环绕，
微风渐渐。
黄昏日残，
亲人思念，
如宝似玉，
从戎儿男。
举目远眺，
望眼欲穿，
离散情人，
希早团圆。
恰如禽鸟，
情丝绵绵，
漫长岁月，
度日如年，
失却所欢，
萎荷一般，
忧思萦绕，
难破愁颜。

（李谋　译）

1　本诗为征人雅都诗。信都耶从那腊勃底王至明康第二王在位时一直过着戎
　　马生活，一生中写过许多反映征战生活的雅都诗，其中大多是征夫思妇
　　这一类主题的，他是征人雅都的鼻祖。

信兑纽

（生卒年代不详）

　　信兑纽是位军旅诗人，曾先后在阿瓦王朝那腊勃底、底哈都、明康第二、瑞南觉欣四位国王在位时任千夫长。

　　茂贡诗是阿瓦时期产生并繁荣发展起来的一种四言记事诗，主要以作者亲身经历或作者生活年代发生的事物为题撰写。茂贡一词是由古缅语"阿茂贡"（意即镌碑永志，载入史册）演变而来。人们认为信兑纽是最早开始创作茂贡诗的诗人之一。

南下卑谬¹（节选）

人类之主，
欲界敬奉，
统治尘寰，
管理四姓。
威德之光，
闪耀分明。
四大部洲²，
众家王宫，
转轮圣王，
皆能比评。
绮丽殿阙，
犹如天宫。
八方国君，
顶礼相敬。
胜似众仙，
广大神通。
福被社稷，
光耀门庭。

（李谋　译）

1　本诗是缅甸文学史上最早的茂贡诗之一，内容丰富，言简意赅。一四七二
　　年，底哈都王南下征讨卑谬王叛乱时，信兑纽随军出征。战事平息回到
　　京城后，他将此事赋成《南下卑谬》茂贡诗一首，从此蜚声缅甸文坛。本
　　诗记载了南下时国王每日的行程、路线及其事迹等很多有价值的史料，
　　并赞美了国王的功德与威势。
2　四大部洲：佛教用语。谓须弥山四方咸海之中有四洲，即东胜神洲，南赡
　　部洲，西牛贺洲，北俱芦洲。人类生活在南赡部洲。

信乌达玛觉

（一四五三年至一五四二年）

　　本名貌乌伽，意"火炬"。十五岁度僧，获法号"乌达玛"（意为高尚）。他学问渊博，智识超人，谙练佛法，精通三藏。四十五岁时去京城阿瓦大显才能，遂名声显赫，人们为表示对他的崇敬在其法号后加了一个"觉"（意为著名）字相称。

　　多拉诗即山水诗，"多"意为山林、林野，"拉"意为走去。文士徜徉山水之际，将所欣赏的自然风光写入诗中，故以多拉命名，凡描写山川景物的诗歌就叫多拉，有人也译之为林野颂。其形式与雅都、林加等四言诗没有区别，只是为强调这类诗歌的题材和内容故名。信乌达玛觉是多拉诗的开创者，先后创作过九首多拉诗。

林野颂[1]（节选）

夏初佳节，

泼水度年，

风除旧岁，

运生新颜。

太阳日神，

琉璃轮转，

霞丝千缕，

色彩缤繁，

金光闪烁，

乾坤震撼。

魔罗暴戾，

显尽威严，

风扫大地，

禅定飞天，

枯叶飘零，

随风漫卷，

深黄暗绿，

金色其间。

宛如画卷，

展于目前。

……

云浪滚滚，

1　本诗是缅甸文学史上的第一首山水诗，诗中描写了释迦牟尼回自己故乡迦毗罗卫城时沿途的情景。由于作者长期居住在山林中，对一年四时风光变幻十分熟悉。诗中，作者以凝练的文字，生动地描绘了画卷般的自然美景，同时也表达了作者虔敬的宗教情感。

状如涛涌，
蓝黑褐紫，
奔腾苍穹。
变幻莫测，
乍暗忽明，
持双山头，
笼罩其中。
形如妙翅，
又若苍龙，
对阵鏖战，
尘雾弥空。

（李谋　译）

信摩诃蒂拉温达

（一四五三年至一五一八年）

是缅甸人民心目中的诗圣，古代众多的文学家中首屈一指的人物。幼名貌纽。十五岁时即入佛门为僧，法号蒂拉温达，系巴利文，意为"高尚的戒承"。他精通佛典，学识渊博，才思敏捷，所以曾被尊崇为国师。

他一生中创作颇丰，而且其中有些文体还是他首创的，是缅甸文学史上的"第一"。比如一四九一年写成的比釉诗《修行》，就是缅甸的第一首比釉诗，开创了这种以描述佛经故事为主的四言长篇叙事诗体裁；一五○二年又编写成了缅甸第一部编年史《名史》；一五一一年（一说一五○一年）写成了缅甸第一部古典小说《天堂之路》，其中还用巴利文直接写了多首偈陀，叙述故事情节。

天堂之路[1]（节选）

（凯摩王后看见佛祖身旁妙龄侍女自叹不如）
看到持扇俏丽姑娘，
我想少女这样美貌。
此生此世此身此眼，
从未见过如此妖娆。
（为让凯摩王后悟道，佛祖使神通将身边妙龄侍女瞬间变老）
王后惊诧侍女变老，
花容不复体态龙钟。
牙齿缺断白发满头，
口水横流令人作呕。

皱瘦耳郭呆滞目光，
干瘪长垂一对乳房。
肤色黯然松松垮垮，
全身罩满青筋条条。

驼背弯腰拐杖为伴，
瘦骨嶙峋肋侧两旁。
战栗颤抖步履蹒跚，
呼吸急促吁吁气喘。
（凯摩王后见此情景遂悟道）

我拜一切种智佛祖，
我拜慈悲众生佛祖，

---

[1] 本诗为偈陀诗。

我拜解脱轮回佛祖，
我拜赐众醍醐佛祖。

佛祖赐我裨益得道，
我却不悟执迷不要。
迷恋色尘不来谒见，
跪拜化解恶业不肖。

（李谋　译）

信摩诃拉塔达拉

（一四六八年至一五三〇年）

　　僧侣诗人，缅甸文学史上的一位大文学家。他出
身于世袭贵族家庭，在宫廷中长大。拉塔达拉是他的
法号，意为高贵的国粹、国之精华。他一直受到阿瓦
国王明康第二的敬重，也是缅甸人心目中诗圣文豪级
人物之一。

布利达 [1]

——据《布利达龙王本生》而作

抽抽噎噎，

思念重重，

珠泪不断，

强忍不能。

悲痛欲绝，

怜爱深情，

依依眷眷，

心系难清，

头晕目眩，

犹如地倾。

儿郎宝贝，

常居宫中，

金殿闪烁，

今日空空。

不见爱子，

断肠伤情，

怜之入骨，

如痴如疯，

昏天暗地，

1　本诗为林加基诗，即长林加诗，意为四言长诗。林加一词，从巴利语
　　"alankara"一词衍变而来，有修饰、美化的意思，或直接译为"诗"，"基"
　　是缅甸语大的意思。诗人十六岁时，根据第五四三号佛本生故事《布利达
　　龙王本生》，写成了缅甸最早的一部四言长诗：《布利达》林加基。选译段
　　落是布利达母亲在找不见儿子时，感到悲痛欲绝的一段描写。

不知西东，

双目发黑，

不见光明。

（李谋　译）

九　章¹（节选）

世间学问，

百工技艺，

解诸难题。

倘若年少，

虚度光阴，

众人之前，

人若滔滔，

辩才无碍，

你却愚拙，

学浅才疏，

相形见绌，

尉迟木讷；

纵使一时，

强词夺理，

难免疏漏，

百出不已，

前语才竟，

后语即塞。

犹如盲象，

---

1 《九章》诗产生于宗教热情高涨的阿瓦时代，是信摩诃拉塔达拉根据第五〇九号佛本生故事《哈梯巴拉本生》改编而成，所以又被称为《哈梯巴拉》比釉诗。全诗分为九章三百二十四节。诗人以此诗叙述了佛教教义哲理的精华，且在写作方面具有描写细腻、叙述简明、比喻生动、结构新奇等特点。诗人凭借其丰富的想象力，将原来仅有二十颂的一个短短的本生故事情节扩展，写成一部长篇叙事诗，成为缅甸人民广为传诵的蜚声缅甸古今文坛的不朽之作。长期来被列为诗歌范文，对缅甸文学的发展产生了巨大影响。

入丛林中，
东奔西驰，
惹人讥嫌，
声名狼藉。
纵使仰仗，
先祖荫庇，
身居金殿，
福若天人，
却如鸦雀，
栖身重阁，
幸福惬意，
绕殿数匝，
身无可栖；
纵使仪表，
堂堂威仪，
仿若田菁，
徒有其表，
其味不香。
倘若他人，
探明底细，
定会对你，
言语相讥，
恰如古语：
少时不努力，
老来徒叹息。

倘若少年，
图强砥砺，
遍览群书，
学富五车。

犹如雄狮，

百兽之王，

人中显贵。

倘若明理，

辩才无碍，

滔滔不绝，

言辞和雅，

暗合因明。

犹如飞马，

平川之上，

纵横千里。

成竹在胸，

出口成章，

毫不足奇。

言之有物，

完美无瑕，

和雅言辞，

犹如诗篇。

他人讥毁，

无碍汝智。

犹如宝石，

在泥泞中，

亦显辉光。

犹如菠萝蜜，

皮糙味甘。

今吾语汝，

纵于畎亩，

潜形没迹，

一遇伯乐，

当举于世。

报效皇廷，

驰骋疆场；

世工百业，

抚育子女，

无汝不能。

容端貌祥，

举止威仪，

博学儒雅，

如花芬芳，

名声远播，

被人颂扬。

古语有云：

智慧商贾，

死鼠为本 [1]，

不足四月，

一本万利。

汝当记取，

学识渊博，

定会飞黄，

富足如意。

晚景美满，

万事称心。

吾儿！

当弃出尘之志，

安身立命，

栖身尘网。

倘能持戒奉斋，

1　死鼠为本：缅甸谚语中白手起家之意。

普施功德，

善施十物，

人身只一世，

上有六重天，

如此七地中，

自在任汝往还。

古之贤王，

无不以百艺以修身，

业满齐家，

继位治天下。

待老迈时，

方入空门。

五欲之乐，

皆已享尽，

贪嗔之念，

皆可断除。

一心趣向，

寂静涅槃，

专心一致，

心无旁骛。

诸贤圣僧，

智者大士，

当赞此道。

吾儿才思过人，

善用智慧抉择，

容貌堂堂，

犹若鲜花。

当表里如一。

受人尊崇，

威震寰宇。
当努力学习，
三吠陀经典，
增长才干，
明辨事理。
犹如古之贤王，
享尽人间福禄，
又把国家治理。
……
……
旃檀之木，
即使干枯，
其香不减。
吾儿之母，
与汝相伴，
日久年深，
纵有琐事千件，
从未恶言相向。
吾儿之母，
汝于我，
情谊深长，
忠贞不二；
细致入微，
体贴周到，
从未让我操劳。
吾儿之母，
汝日夜辛勤，
忙不断，
浸种、耕地，
与播田，

拔苗、插秧，

披星还，

牧牛耕田，

舀水浇灌，

舂米踏碓，

煮菜蒸饭，

桩桩件件，

从不得闲，

次序井然，

丝毫不乱。

（张哲　译）

纯金般的美女 [1]

纯金般的美女啊！
蓓蕾初绽值妙龄，
苗条、健美、丽质种种。
刚刚梳起发髻的姑娘，
天国容貌集大成。
乌光美发实罕见，
容颜照人似绘成。
芬芳衣衫金裙郁，
宝石耳坠映衬着她那秀雅仪容。
槟榔汁将玉齿染成彩虹一样，
粉色的尖指是美丽的象征。
勾画般的睫毛弯弯翘起，
麝香似的体香沁人心脾中。
疑是杜娑 [2] 从天降，
端庄文雅占魁英。
瑕疵难寻神女貌，
纯洁风采耀眼明。
我见她在晚霞里，
微微展笑容。

五美 [3] 俱备的姑娘啊！

---

1 本诗为三段雅都诗。
2 杜娑：缅甸传说中一美貌仙女名。
3 五美：缅甸人认为美女必备的五项，即又长又黑的头发、丰满的肌肉、洁
   白的牙齿和有血色的指甲、滋润的皮肤、青春妙龄的年华（缅甸人认为少
   女十岁已当妙龄，犹如我国谓二八妙龄）。

肤色柔润童髻耸。

光泽的秀发留额上，

服饰耀眼，

妩媚且轻盈。

脂粉香膏赛兰芝，

体态庄重，

悦目又娉婷。

刚满十岁的美人啊！

我的爱慕久已铭心中。

疑是上界仙女，

冰肌玉肤体玲珑。

婀娜俊秀的人儿啊，

蓬蓬乌发松。

太虚仙境的神姬啊！

肤色粉嫩发束拢。

美中魁首缺陷乌有，

金裙边饰花重重。

连城宝珠带，

日日梳妆扮姿容。

南岛无人比，

犹如杜娑在苍穹。

黄昏时分见，

隐隐露酥胸。

（李谋　译）

甘道明寺大法师

（生卒年代不详）

　　原名不详，因出生于实皆附近甘道明村，后又在该村寺院剃度出家并挂单多年，故名。博学多才，精通佛法及世俗两类经典。写过劝谏君王、教诲俗人的密达萨多篇。

　　密达萨的意思是充满慈爱之心的文字，始见于僧侣们向帝王讲法进谏的文书。最早出现于十五世纪初，是色久法师写给孟王亚扎底律的密达萨。到了十八世纪末十九世纪初期，密达萨的应用范围有所扩大，有的仍然是僧侣私人信函，有的则是代别人所写，成了僧俗、师徒、父子、兄妹之间的信函，内容不仅有训诫、劝导、祝愿，还有其他具体事务的交涉，一般讲这种文体长短不拘，分成三部分，即：接受祝福——写本人由于对方的情谊与祝福而健康平安的情况；祝福对方——写本人对对方的良好祈祷；嘱咐进言——写明致函之意。各个作家的密达萨风格各异，有的用散文，有的用诗文或全篇以诗歌的形式写成。

呈瑞南觉欣王[1]（节选）

人不施予切莫索求；

人不启问切莫开口；

人不呼唤切莫前走。

乏味之食切莫进喉；

未熟之果切莫摘收；

不适之衣切莫穿受。

缄默无语，

  价值千金。

人若满意，

  神亦称心；

人若动情，

  神亦倾心。

快慢相当，

  轻重相宜。

有如天平，

  不偏不倚。

行舟放筏，

  随机漂流。

渔翁垂钓，

  需善提钩。

足智多谋，

  得心应手。

（李谋　译）

1　本诗是甘道明寺法师写给瑞南觉欣王的教诲性的密达萨，是缅甸文学史上最著名的密达萨。语言生动通俗，含义深刻，具有普遍的教育意义。

信埃加达玛底

（一四七九年至一五五二年）

　　僧侣诗人，幼名貌努，他经历过阿瓦王朝兴盛的欢乐，饱尝过阿瓦王朝衰亡的痛苦。多汉发父子篡位后对阿瓦的蹂躏在诗人心中留下永远的伤痛。诗人遂以影射、寓意等手法创作出针砭时政的佳作数篇。

奈弥地狱 [1]（节选）

阿瓦金朝，

自蒲甘来。

属地四散，

国运危殆。

逢此乱世，

哀叹感慨，

余作诗歌，

无人青睐。

佛祖所述，

传至今代，

三藏经典，

言简意赅，

口诵耳闻，

茅塞顿开。

弟子门生，

若不诵拜，

无常真谛，

不明不白，

异端邪说，

侵入袭来。

加都 [2] 境内，

1　本诗为比釉诗。诗人旨在谴责掸族的多汉发王摧残三宝，蹂躏百姓，必将
　　得到可悲的下场。同时，也劝勉百姓不要因身处逆境而放弃信仰，仍然
　　要积德行善，皈依佛法。作品深刻地反映了当年阿瓦社会的现实，表达作
　　者对掸族篡位者劫掠破坏的愤怒，和对祖国沦亡、人民痛楚的悲伤与同情。
2　加都：指掸族。

上等宝财，

赤红宝石，

成升量载。

估值比价，

令人奇怪。

吾等贤士，

罕见人才。

思用利刃，

将索割开，

片片碎裂，

断断分拆。

（李谋　译）

宫廷女诗人米纽和米漂

　　阿瓦王朝那腊勃底王在位时有两位著名宫廷女诗人：若开人米纽和阿瓦人米漂，都善于作诗著文。

　　这两首自诩雅都写于一五五一至一五五四年间，表露了这两位宫廷女诗人互不服气，高矜自傲的心态。

米　纽[1]

宫中女杰，
赫赫米纽，
宛如灯火，
黑暗退走。
五美俱备，
品德极优，
姿色秀俊，
体态媚瘦，
丽压群芳，
傲气乌有。
智慧超群，
诗文成就，
吟之悦耳，
闻之幽幽，
文采高雅，
感人心头。
如峰高耸，
宫中米纽。

（李谋　译）

1　这首诗是一首三段雅都诗的第三段，第一段先写了群山之首须弥神山如何
　　高贵；第二段又写了众鼓之冠报时大鼓如何重要；第三段才写了她自己如
　　何出类拔萃。

米 漂[1]

宫廷作家，
首推米漂。
学识渊博，
财主富豪，
出身名门，
儿孙不少，
宛如明星，
闪烁照耀。
高超技艺，
无一不晓，
写诗著文，
雅都美好。
咏读欣悦，
聆听绝妙；
俯首执笔，
录者辛劳。
金宫典范，
对手难找。
卓然超群，
作家米漂。

（李谋　译）

1　这首诗是一首三段雅都诗的第三段，第一段先写了洲中之首南赡部洲如何
美好；第二段又写了花中之王敏珠神花如何艳丽；第三段才写了她自己如
何超常出众。

劳加通当木
（生卒年代不详）

　　原名不详，原系阿瓦王朝瑞瑙亚塔王子的一位近臣，一五〇一年瑞瑙亚塔发动政变未遂被处死。为避嫌逃亡东吁，得到东吁王廷的器重并得到此赐封名号"劳加通当木"，意即三千艘蜈蚣舫之长。还被誉为"东吁纳瓦德"。

　　那道敦是埃钦的一种。埃钦是为摇篮时期的王子和公主们所写，而那道敦则是为登基之前或出家之前的王子和公主们所作的诗歌。那道敦有"禀奏""耳纳"之意。一般都比较直接地歌颂王子父辈的事迹。通过这样的诗，向王子公主传授历史知识，进行爱国教育。

德彬瑞梯 [1]

四大部洲，

君中明帝，

曼陀圣王 [2]，

高尚后裔。

先祖菩萨 [3]，

威德事迹，

容臣细表，

敬请听记。

觉康底哈 [4]，

王子父系，

刚毅无双，

扫荡顽敌。

驰骋疆场，

创造奇迹，

吉祥时辰，

建立社稷。

威震乾坤，

声名赫奕，

气贯山河，

盖世无敌。

（李谋　译）

1　本诗为那道敦诗。

2　曼陀圣王：传说一统治宇宙圣王之名。

3　先祖菩萨：指先王。缅王朝时代常将君主称之为菩萨转生，佛陀在世。

4　觉康底哈：德彬瑞梯之父的一个称号。

卑谬纳瓦德基
（生卒年代不详）

　　纳瓦德基，原名不详，据称他十岁开始赋诗，一生诗作甚多，仅所作雅都诗就有三百余首，主题有时令、宫廷、城池、征人、祈塔、爱情等，其中反映征战生活的雅都诗有七十余首。纳瓦德的本意是"完美无缺的诗人"或"完美诗歌创作者"，是他在卑谬王德多达马亚扎帐下任职时卑谬王赐给他的尊衔。他是位宫廷文人，又是一位武士，长年在外辗转征战，有丰富的社会阅历，谒拜过各地名塔。因此他的描写城池、时令、祈塔的雅都诗的内容都很丰富，知识性强。可以说他是一位将史实与诗歌完美结合在一起的诗歌大师，为后来雅都诗的创作开辟了十分广阔的道路。故缅甸人称其为卑谬纳瓦德基（基字意为伟大）。

雨　神[1]

黑沉沉，

黑沉沉，

接连不断雷轰鸣！

这是雨神的狂吼。

巨声隆隆，

飞火闪明，

乌云滚滚，

向北驰骋。

我那俊美的情郎哥啊，

小妹想你愣怔怔。

雷啊，

　　　你别再轰鸣！

伤感笼罩我心中。

就在这时

　　　大雨犹如

　　　瓢泼盆水倾！

雨神啊，

　　　请你别再下！

姑娘我好冷。

雨倾盆，

雨倾盆，

银线划过持双山顶。

电光过处耀眼明，

1　本诗为祈雨雅都诗。是卑谬纳瓦德基最精彩的一首诗。

好似大火

　　　燃起在高空，

文雅奇秀美男子，

我的郎啊！

妈妈您的良婿；

伯伯您的外甥；

大姐你的小叔；

幺妹你的大伯；

大哥你的内弟；

小弟你的姻兄。

我的心上人

　　　他正年轻，

你为何还不回程？

当初你

　　　托人把信带，

　　　海誓山盟诉衷情，

为何如今不相告？

莫非你

　　　又变心绝了情？

姑娘我好悲痛！

声隆隆，

声隆隆，

霹雳声声震耳鸣，

使人愁绪添层层。

花中魁首美人蕉，

丛中啼啭小翠鸟。

下起

　　　密密蒙蒙的急雨，

刮起

忽左忽右的疾风。

圣主阶下的名臣豪勇，

我的郎君啊！

难道你

把小妹忘却不成？

正在女伴中呆痴思恋，

身后一对小鸟在调情，

雀跃欢乐，

交颈啼鸣。

见此情景，

但郎君没来，

姑娘我难平静！

（李谋　译）

那信囊

（一五七八年至一六一三年）

那信囊是名冠缅甸古今文坛的一位杰出诗人。他擅长写雅都诗，被后人尊称为"雅都王"。诗人情感丰富，生活坎坷，青春期的恋爱及新婚后不久丧妻的经历对他的创作影响至深。他的诗歌情感真挚，用词巧妙，形象生动，富于浪漫主义色彩。

誓约之一（节选）

丽质无双难比攀，
神国六层降世间 [1]，
肤色柔润颜如画，
秀发轻绾结云鬟。
身着蝉衣雅不凡，
香气浓郁神花般。
妙龄少女真仙子，
一见倾心疑在天。

（李谋　译）

1　神国六层：佛教认为天庭神国有六层，称之为六重天或六欲天，即四天王天、忉利天、夜摩天、兜率天、乐变化天和他化自在天。

誓约之二（节选）

细嫩柔弱，
色润肤肌，
六天神国，
无瑕之瑜。
仙界众女，
羞与其比，
如盈满月，
繁星难及。

（李谋　译）

鹦鹉传书（节选）

王子赫赫地位高，
威仪堂堂日杲杲。
妾婢斗胆差使者，
带上奴言以奉报。
君肤白皙明晶皓，
肩圆臂宽体态好。
劝君且把黛色添，
文身黥墨再来告[1]。

（李谋　译）

1　缅甸古时男子均全身黥墨文身，认为这样的男子才有胆识威力，才能成为
英雄好汉。相传那信囊之弟明耶觉苏瓦直至成年也没有文身。那信囊遂
作诗，以妙龄少女的口气告之：你没有文身不是个男子汉，所以小妹我还
不能爱你。以此对其弟进行讥讽。

明泽亚仰达梅

（约一五七八年至一六三八年）

著名诗人劳加通当木之子，幼名貌吞，明泽亚仰达梅是御赐的称号。自幼精通诗文，年轻时就被选入宫内充当御林军军官及宫廷作家。他长年跟随国王征战，有机会遍览祖国壮丽多姿的山河美景，尤其擅写山水和时令的雅都诗，后人称他为"大自然诗人"。此外还擅长情诗。

娑罗敏珠[1]（节选）

你的芳名叫娑罗敏珠，

宛如

　　　　拥有白伞、轮宝、世间一切的君王，

　　　　群臣都来上朝礼参一样；

就像

　　　　东山升起太阳和月亮，

　　　　无物能与它们媲美一样。

你那纯金浇铸般的面庞啊，

　　　　令人倾慕景仰。

我成年累月地向你倾诉衷肠，

　　　　你却不把一丝笑意回赏。

你的严肃和无动于衷，

　　　　使我心绪难平倍感幽伤。

皎洁的月宫娘娘啊！

　　　　温柔恬静且明亮。

闪烁的苍穹群星啊！

　　　　紧随高空去翱翔。

……

心上的人儿啊！

我曾对你说：

　　　　春暖花开时节，

　　　　我将回去团聚。

而现在

1　本诗为祈塔雅都诗，即在塔前跪拜希望佛祖保佑个人愿望早日实现的一种
　　雅都诗。

枝头翠绿，

春天降临，

相见无望，

诺言逝去。

你定会

翘首以待，

望眼欲穿，

苦楚万分，

悲伤失意……

（李谋 译）

自然美景 [1]（节选）

霞雾缭绕，

举目四望，

枝头绿芽，

展翠吐芳，

胭脂香莉，

含苞欲放。

河川湖泊，

鸳鸯偕欢；

花间树丛，

禽鸟婉转。

落叶披地，

极目金黄。

（李谋　译）

1　本诗为山水雅都诗。

信丹柯

（一五九八年至一六三八年）

　　东吁王朝著名诗人，十七世纪初以后又在阿瓦任官职。他集各家之长，写出了许多一流的雅都诗，尤其在爱情诗方面，更具独到之处。

思　念（节选）[1]

雪肤冰肌，

兄之爱侣，

乌黑秀发，

耳际垂丝，

鬈缕未卷，

蓬松顶髻。

端庄典雅，

丽质丰腴。

十余年前，

兄长有意，

百般努力，

只求亲昵。

痴情绵绵，

梦中唤姬，

爱心炽烈，

性命相依。

日夜想念，

难消思绪。

金城神明，

可知吾意？

愿她感动，

以身相许。

（李谋　译）

1　节选的这段是该诗的第三段。信丹柯作此雅都诗，其本意只是思念他的故
　　土——东吁。但文中两处用了"兄"字，而"兄""兄长"的缅甸原文为
　　Naung，阿瑙白龙王认为该诗第三段是有意影射他的妃子曾与那信囊有过
　　暧昧关系，非常生气，准备赐信丹柯死罪。后经大臣们说情才得以幸免。

巴德塔亚扎

（一六八四年至一七五四年）

　　缅甸文学史上的一位颇有创意的诗人，也可以说是缅甸现实主义诗歌流派的创始人。他出身于世袭贵族家庭，由于文学上的才能，一直受到王室的赏识。摩诃德玛亚扎底勃帝王在位时，任平民事务大臣。他写了许多诗篇，很受国王赏识。国王将"雅都王"那信囊的名字作为衔号赐予他，同时加赐"巴德塔亚扎"衔，意为"学识渊博之王"，后来便以"巴德塔亚扎"闻名全缅，原名却被人遗忘。

　　他在文学创作上既有继承，又有创新和发展，他的作品被誉为"旧时代的新文学"。从形式和内容来看，可以分为两个部分：一部分属于继承前人的，作品包括比釉诗、埃钦诗以及宫廷剧，其中杜娑比釉诗尤为著名；另一部分属于创新的，其中德耶钦（即乐歌）最具独创精神，无论形式或内容都有别于以往的传统诗歌，积极而直接地反映了下层劳动人民的生活。

杜 娿[1]（节选）

今吾作此，
典雅诗章。
精雕细琢，
情柔意长。
尽情吟咏，
牢记心上。
杜娿诗篇，
乐于欣赏。
后代传诵，
长乐未央。
……
像戴在颈边的
　　一串项链。
双双对对，
结发百年。
心心相印，
共享甘甜。
千里迢迢，
姻缘一线牵。
来此聚会，
相爱又相怜，
矢志不变此情专。
我爱你

1　本诗为比釉诗。所选诗的前半段是诗的序言部分，诗人表明了他写此诗的
　　态度。后半段是故事中杜塞达亚扎王子与杜娿相会时，王子的表白。

如狂似癫，

胜过自己性命一般。

即令高空之上

    恶神魔罗把身显，

我也不怕有险艰。

（李谋　译）

农 夫 [1]

旱季过，
雨绵绵，
恩爱夫妻，
双双去下田。
手挽手，
喜心间。
裙衫虽破，
头巾红色艳。

身无蔽体衣，
雨淋感微寒。
幼儿怀中抱，
烟斗口中衔。
耙平田一方，
蟹穴处处显。

田鸡肥，
螺蛳嫩，
长筐斜背，
为把鲜菜选。
苋菜、狸红瓜，
蕹菜、相思叶，
美味不少，
篓儿已塞满。

---

1 本诗为德耶钦诗。

天茄儿，
篱青藤。
汁多奇鲜，
无比甘甜。
耕罢返家，
忙整锅灶。
饭菜飘香热气冒，
掸邦小辣椒，
味辛好佐餐。
狼吞虎咽，
风卷残云弹指间。
儿孙满堂，
左右环绕乐非凡。

（李谋　译）

爬棕榈树的人 [1]

初暑时节，
雾霭弥漫。
带上攀梯，
还有盛棕汁的陶罐。
尖刀与竹篾，
插在腰间。
棕榈花果，
枝头已挂满。
拿着支撑开枝杈的棍儿，
爬上棕榈树的顶端。

棕榈枝干，
叶子稠密，
清疏干净，
才能让棕榈果汁流进陶罐。
结发伴侣爱妻，
忙把陶罐接下收起。
儿孙跑跳，
猪狗乱窜。
取下棕榈麻丝，
织成个捕兔网绊。

高声呼喊，
回声荡漾，

1　本诗为德耶钦诗。

狗吠、人吼，
沸沸扬扬。
野兔、田鼠、
鹧鸪和斑鸠，
鹌鹑、山鸡、
草蛇与狐狸，
惊恐逃散，
各奔西东。

妻子见状，
兴致极高，
各种野菜，
随手可薅。
夫君赶忙，
把猎物寻找，
只要见到，
各种野物均难逃。
所得的一切，
带回家中。

待一会儿，
歇息一下。
在炼棕榈糖的炉上，
把串肉烤。
汤锅滚开，
可煮、可炖、可熬；
平底锅里，
能煎、能炸、能炒。
还有佐餐下饭的，
极辣的冲天椒。

大竹匾上，
盛好菜饭。
子女们围坐，
拥挤不堪。
左拉右推，
侧身挤到竹匾边，
你抓我拿，
进餐正欢。
椰壳做碗，
飘香另有一番。

各自攥起饭团，
低头狼吞虎咽；
餐后竹匾尚未洗，
狗儿过来已舔完。

（李谋　译）

吴昂基

（一六六九年至一七二八年）

　　东吁王朝著名诗人。他的诗歌《阿瓦城颂》在缅
甸文学史上享有盛名，是缅甸文学史上最古老的一首
十二月季节诗。"十二月季节诗"相当于中国有些地
方的四季调或十二月小调，将一年十二个月每月的气
候、时令、花草树木，以及日月星辰等不同特征景色
加以描写赞颂。这首《阿瓦城颂》分十五段，前三段
为歌颂阿瓦城，后十二段分别吟咏十二个月。吴昂基
之后，十二月诗在缅甸文坛上兴起，并得到了进一步
创造性的发展。

阿瓦城颂 [1]（节选）

时逢雨季，
角宿崭露。
缅历一月，
新年之初。
铁力木树，
花挂满枝。
压弯梢头，
叶茂花馥。
月逢达古，
南风吹拂。
泼水节到，
打扮装束。
乐音优美，
歌声淳朴。
百花兰露，
伽兰尤殊。
芬芳馥郁，
金钵满注。
竞相嬉戏，
怡然自如。
欢乐无比，
翩翩起舞。
喜洒香水，
节日欢度。

（李谋 译）

---

1 本诗为十二月诗，节选此段是对达古（缅历正月）新年泼水节的一段描写。

信宁梅

（一七三八年至一七八八年）

良渊时期的女诗人，被后人誉为"人民诗人""反战者""热爱和平者"，可见她在民众中间享有极高的声誉。她生活的时代是战事纷纭的东吁晚期，统治阶层昏庸无道、暴敛横征，百姓生活贫困、饱受战乱之苦。信宁梅的作品反映了时代的特征，反映了广大劳动人民渴望和平的强烈愿望，表达了他们对战争的不满。代表作是她的嗳钦诗。

嗳钦这种诗体出现在一七三八年前后，它的第一句往往是以"可爱的朋友，我的好搭档！"这样一句呼语开始的。

听说要打仗[1]（节选）

可爱的朋友，

我的好搭档！

别人的郎，

听说要打仗，

装作有病躲一旁。

小妹的郎，

听说要打仗，

挎上金刀跟上队伍向前闯。

缺吃食，

少粮饷，

雨霖霖，

急且凉。

妹的郎呀！

莫不是要过丹兑去？

战场上，

　　　是否会娶回个

　　　比妹更白的小姑娘？

战场上，

　　　是否会找到个

　　　比妹更美的清迈娘？

战场上，

　　　是否有你的

　　　父辈亲朋在近旁？

在战场，

1　本诗为嘭钦诗。

哥绝不会

娶回比妹更白的小姑娘。

在战场，

哥绝不会

找个比妹更美的清迈娘。

在战场，

哥没有

父辈亲朋在身旁。

只因当今圣上把旨降，

名册上有咱，

只得去打仗。

马中枣红骏马名最响，

仆中印度奴仆最善良，

刀中合金宝刀明晃晃，

成伍的兵勇中，

哥可算个忠心耿耿的小勇将。

在这群山环绕苍翠的

清迈府，

怎不叫哥想妹倍忧伤。

（李谋　译）

没钱没势的人 [1]（节选）

可爱的朋友，

我的好搭档！

官府对我爸，

丝毫不体察。

明知没钱势，

体力虚弱差。

当官的脾气大，

嘴中口水又滴下，

怨咱不把咸茶递，

怨咱不把槟榔拿。

赋税债务重，

命运实不佳。

只得满脸堆着笑，

上前说好话。

尽管这样做，

不知何世业果差？

命途多舛实不佳。

本来银钱不太少，

只因那恶吏坏官家，

多次来敲诈。

使咱失言说差。

缘于村中债，

土地离我家。

（李谋　译）

1　本诗为嘤钦诗。

盛达觉杜吴奥

（一七三六年至一七七一年）

前后在六代国王手下任宫廷作家。作品很多，主要有雅都诗、埃钦诗、比釉诗、鲁达诗等，其中以雅都诗最为有名。他经历了一个改朝换代的大动荡时代。诗作中一部分是描写征战戎马生活的，一部分是为国王歌功颂德的。

比釉诗《奇异教诲篇》在缅甸古代文坛很有名气，全诗分为五部分，从起居饮食、衣着服饰，到行为举止、为人处世、道德修养等方面，为王室提供了较为全面的规范。其中的后记主要为国王歌功颂德。

奇异教诲篇·后记（节选）

勃东城主[1]智勇全，
赐臣盛达觉杜衔。
吾主御前一忠仆，
尽心尽职善为官。
身负重托遇困境，
临危不惧心泰然。
纵然国务纷且繁，
顷刻理毕显怡颜。
公余暂得闲暇日，
即只挥笔赋诗篇。

（李谋　译）

1　勃东城主：指贡榜王朝创建者吴昂泽亚之子勃东侯。

列维通达拉
（生卒年代不详）

　　原名吴妙山，列维通达拉(意为左侧最佳最美者)是赐封的封号。他从东吁逃亡到贡榜，从此便以这个衔称闻名文坛。

　　一七六三年诗人被任命为王弟阿敏侯的内傅。一七六六年因涉及阿敏亲王的侍男侍女案，被流放到美姿山麓。他在流放时写了两首三段雅都诗《美姿山麓》和《皎洁月光》呈送国王。诗人用诚挚的感情倾吐了他思念国王和故土的肺腑之言。国王极为感动，遂将其赦回。从此，《美姿山麓》成了缅甸文学史上的名篇。

美娑山麓 [1]

美娑山麓，水流不息，
河岸两边，山林茂密。
遥望王都，思绪萦起，
远眺天边，吉祥瑞气。
浑然一体，圣土秀丽，
山岗高耸，吾王荫蔽。
存在其中，南岛菩提，
六彩闪耀，宝窟古基，
瑞林彬塔，浮屠金狮，
一一计入，名塔佛寺，
座座如此，遍着金衣。
光辉四射，金宫玉宇，
林立其中，恍惚迷离。
忽欲叩拜，此处都市，
此处宝塔，此处殿宇，
此处街道，心中冥思，
唯因王都，路途遥迤。

河岸浅滩，美好沙地，
上游一片，下游至此，
流水萦绕，心旷神怡。
远似别国，他乡地异。
涓涓绿水，美娑之溪，

---

1 诗人把贡榜都城描述得金碧辉煌、庄严肃穆，激起漂泊他乡的游子无限的
思念。同时把身处荒野、孤独寂寞、凄凉悲惨的心情淋漓尽致地表现出
来。情真意切，催人泪下。

层层叠叠，丛丛茂密，
山林阻隔，一片静寂。
不见北斗，难眺故里，
思念旭日，不知东西，
何方为南，何者是北，
左思右想，仍然怀疑，
山林峰峦，实难辨析。
心情不定，日日愁思，
探路之旅，南风乍起，
随后长风，渐渐刮至，
微风扑面，丝丝寒意。

缅历二月，浴佛之期，
心地虔诚，传统礼仪。
美娑之臣，祝祷如意。
金衣宝窟，威严壮丽。
天际毗连，美娑流溪。
雾气云霭，山间横溢，
峰峰朦胧，盘回离奇。
云朵片片，似雨非雨。
唰唰作响，雪花飘起，
犹如雨丝，由缓而疾。
持双巨山，巅峦神奇，
一轮神车，金乌巨日，
难放光辉，寒栗蜷曲。
仰天长盼，午日早至，
祝祷四方，怀念不已，
日光射来，身可暖矣。

（李谋　译）

瑞当南达都
（生卒年代不详）

瑞当南达都，本是一名律师，因其文学天赋受到人们的赞扬，被称为"色林纳瓦德"。他的雅甘诗蜚声文坛，被人传诵至今。雅甘一词源自梵文，是贡榜王朝的一种诗体，意即谐趣诗。

梅 农[1]（节选）

……

（当南达王的侍从鹦鹉看到梅农公主的芳容时，不禁为之愕然，从树上跌落下来。这情景被公主的侍从鹩哥看见，便讥讽道：）

聪明侍从，

何夸海口？

天下美色，

你已看够。

今见丽人，

痴呆出丑。

头脚栽倒，

你知羞否？

（鹦鹉不甘示弱，立即反驳道：）

如你所说，

我这鹦鹉太野蛮。

果真这样，

怎能引来天仙？

我看你是：

水牛闻琴奏，

不知声含意。

人人有情感，

爱憎汇心间。

你却毫不懂，

反来讥笑咱。

---

1 本诗为雅甘诗，是根据孟族历史故事《信梅农和明南达》改写的。瑞当南达都在诗歌创作中，充分发挥了他身为律师的辩才，诗中多处运用对话争辩的形式来表现丰富的情景和人物性格。

我乃学者，

远见卓识一名贤，

自幼生长皇宫里，

王事件件不稀罕。

你主女婵娟，

仙女见之也自惭，

我立白枣树，

窥她美容颜，

这才难自持，

头晕目也眩。

这些道理，

非常自然。

你这小鹩哥，

吱吱哇哇叫得欢。

笑我无礼貌，

只能说你太野蛮。

……

（下面是对梅农公主的一段描写）

宝榻之上软垫罩，

窗口之旁屋一角，

公主惺忪梦初醒，

胭红已残脂粉薄。

玉口含个槟榔包，

右颊微鼓添妖娆，

罗衫斜披衣不整，

半露酥胸花围腰。

菊花盛开美且嫩，

香味淡雅四处飘。

藏红花儿竞争艳。

浓郁袭人冲九霄。

太白金星当空照。

持双山头晨曦绕，

黎明白色已升起，

好似双星比谁高。

……

（一群罗马水手见到梅农公主芳容如痴如醉……）

水手们罗马壮汉，

抓着满脸的络腮胡，

有的摔倒在地，

有的栽了筋斗。

原有的信仰早已飞向天外，

各种杂念一齐涌上心头。

被她迷住的人们，

原因各异。

有的看到她的额头，

心中升起激情；

有的看到她那粉颈，

目不转视眼圆睁；

有的看到她那牙齿与面颊，

呼吸异常不平静；

有的看到她那玉臂和酥胸，

趴倒在地不能动。

（李谋　译）

吴　漂

（生于一七三八年，卒年不详）

　　缅甸文坛一致认为，他创作的《勃垒侯》是缅甸埃钦诗中的极品。其最大特点是系统地将传说中缅甸最早的国王直至诗人所处时代的国王的世系和年表，准确无误地写入诗中，不仅具有文学价值，同时也是难得的历史研究资料。该诗韵脚工整，语汇丰富，善用比喻，形象生动。

勃垒侯¹（节选）

苏钦涅氏，
福薄早亡。
爱子开卢，
继位为王，
治理国家，
十七年强。
弟彬比牙，
继坐龙床，
登基三载，
意欲久长。
重建京都，
蒲甘呈祥，
繁荣九载，
国盛邦昌。
王子丹奈，
宫阙煌煌，
承继父业，
十八春光。
色垒鄂奎，
天赐福降，

1　本诗为埃钦诗。所选系诗中描写蒲甘王朝初期苏钦涅王至良宇苏罗汉七代
　　君王的一段，七代君王中的前六代君王之名全按原名写入诗中，且韵脚
　　仍保持工整，最后一位良宇苏罗汉未写出其名号，而写明其出身，因历
　　代君王之中出身于农夫，无意之中打死国王，后被拥为新王执政者只此
　　一人，故一说农夫人人皆知是指良宇苏罗汉王。原诗中对同样一个含义
　　的词汇往往不是简单重复，所以非常生动，且使读者从中得到不少修辞
　　常识。吴漂还善于运用援例比喻的手法来表现事物情景。

统治天下，

廿五年享。

鄂奎后裔，

子登科王，

掌管社稷，

十六年上，

功德衰竭，

不幸身亡。

农夫得位，

金伞仪仗，

三十三载，

数尽命丧。

（李谋　译）

信敏王后

（生年不详，卒于一七八二年）

贡榜前期文坛的著名女诗人，擅长写宫怨诗和闺情诗。她的作品很多，有雅都、连韵和雷西诗等。

信敏的雷西诗被认为是缅甸文学史上最早的雷西诗。最初雷西诗只有四句，每句采用四、三言形式共七字，头句的第四、第七字与下句的第二字，三个字押一韵，每句更换一韵。信敏的雷西仍然保留着四言诗的押韵法，字数增加，四句变成四小节，每节句数不一。

了尘缘[1]

再也不愿相见，
俗习惹人烦。

深山洞穴旁，
野果充饥肠，
在那山岬僻静处，
散尽我悲伤。
宫中居首位，
众人簇拥妾的王啊，
只要君同意，
马上起身奴思量。

轻卷秀丝盘发髻，
身穿土染布法衣，
娇弱王妃此丽人，
出家修习比丘尼。

一次次一番番，
修习禅定不得闲，
诵经祝祷千百遍，
但愿王威福德添。

（李谋　译）

1　本诗为雷西诗。写国王另有新欢，王后痛苦不堪，想出家到深山为尼。

丽人愁 [1]

秀发已散乱，
极目远眺妾凭栏，
银月圆满天上挂，
愿王突然到近前。
等啊久等，盼啊长盼，
妾如炎日下鲜花蔫。
像往常占卜那样，
问卜几番，
鸡骨卦上所谈，
大约也不灵验，
金签上的神词，
全然不沾边。
南岛之主你在何处？
怎不对妾多爱怜，
看来早把我遗忘，
故态又萌现。
丽人愁丝抽不尽，
只缘未见福君颜。

（李谋　译）

1　本诗为连韵诗。

吴　都

（一七五一年至一七九六年）

诗人，曾为辛古王和波道帕耶王写过诗词、文章多篇。一七八四年，他应诏创作了《罗摩》雅甘诗，被誉为最佳的雅甘诗，他也因此跻身于缅甸著名作家行列。

罗　摩[1]（节选）

……

北家的小姐，

南屋的姑娘，

左邻右舍，

里巷街坊，

女伴们商量好，

遇到节日，

大家来到一起，

在某家聚齐。

热热闹闹，

打扮梳妆。

磨香粉，

洒香水，

戴香花。

有人在找香伽兰，

有人在寻木檀香。

都在打扮，

抹头油的，

梳头发的，

叽叽喳喳谈个不停，

嘻嘻哈哈笑个没完。

你那个心上人，

1　本诗为雅甘诗。语言丰富多彩，通俗易懂，凝练严谨，雅俗共赏。对人物内心活动的描写较为真实、深刻。若与《梅农》雅甘相类似的场景描写比较，就能更好感知《罗摩》雅甘写作手法高出一筹之处。不愧人称是缅甸的最佳雅甘诗。

某某，某某，

如何如何。

是不是又有了新欢？

那个人的相貌可真不差！

你一言他一语，

逗笑取乐，

随声附和。

有肤色白皙的，

有黑里俏型的，

脸上粉儿涂抹得花花搭搭。

有的在包吃的槟榔包，

有的在盘戴的串鲜花，

有的在轻轻扑粉，

有的在照镜束发，

有的在仔细描眉，

有的在梳理那两鬓秀发，

看哪个姑娘打扮得更令人惊诧。

……

（罗摩、罗什曼那兄弟二人随着仙人走向拉弓会的会场，姑娘们看到他们兄弟二人的雄姿美貌，不禁为之倾倒，相互议论不休。）

玛新们！玛雷们！玛吉们！

哎哟！嗨！

看那边！

快来看呀！快来看！

只看得我，

神往陶醉。

快来看啊稍纵即逝，

时间再长就看不到啦！

站起来吧！

走过去吧！

好好打扮打扮。

姑娘们，

你！还有你！

让咱们去玩耍。

哎，怎么变成这种模样？

且慢，等一下！

是人还是什么？

说他不准。

出现这样念头，

该天打五雷轰顶。

有着一副令人喜爱的面孔。

是王子？是官宦子弟？

还是下凡的天帝？

真说不定。

他跟别人相比，

能让人家死去，

就像太阳月亮般的国王、王后，

在王都里，

举行盛典礼仪。

迈步走来，

文雅有礼。

和那仙人，

一前一后，

有高有低，

从那边走向这里。

慌里慌张，

匆匆忙忙，

心跳得扑通扑通，

顺口说出这些话，

漂亮温柔的姑娘。

……

（姑娘们见到罗摩、罗什曼那的英姿，顿生爱慕之情，心烦意乱）

从看到他们那一刻起，

神魂颠倒，

心慌意乱，

面色很不自然。

身不由己往下倒，

昏头昏脑向后闪。

手足无措，

东抚西摸。

忽而摆弄起自己的发束，

忽而把槟榔盒子打翻，

不知怎么会碰到这儿，

又撞向那边。

头的一侧，

几乎把镜框一角撞断。

粉额肿起个大包，

赶忙涂药。

用纤手去揉，

又热敷一番。

这就是为爱情陶醉的后果，

自寻烦恼欲界凡人的一斑。

（李谋 译）

梅　贵
（生卒年代不详）

　　贡榜王朝柏东王（一七八二至一八一九在位）年间著名女诗人。她擅长写季节诗和"哀歌"，也擅长写两折诗之类的短诗。据信，她写的两折诗都属初创时期两折诗之列。

短短的烟袋 1

她递过一根短短的烟袋。

不接，

怕她怪咱铁石心肠性太憨。

去拿，

怕她嫌我一见钟情心难专。

姑娘啊！

谢谢你送我这烟袋，

暂请把它戳在我床前。

（李谋　译）

1　本诗为两折诗。作者以一个男青年的口气，简朴地道出：青年男女初次相
　见，互有好感，想要接近，又怕对方误解自己对爱情过分轻率的那种复
　杂细腻的内心活动。

卷 烟[1]

鲜叶非我买，
是妹亲手摘。
卷烟为哥用，
以此寄情怀。
不忍置火边，
未受烈日炎。
放于妹褥下，
体温催叶干。
叶梗多参差，
牙咬使平齐。
妹卷香烟短，
醇美甘如饴。
不用丝缕缠，
白线绕一圈。
哥将赴阿瓦，
送君一支烟。

（李谋 译）

1　本诗为两折诗。一位少女送给即将去京都阿瓦的情郎一支用自己采来的烟
　　叶卷成的烟。这是多么深切的爱啊！不用丝线，而是用白线绕一圈，以
　　表示自己对心上人的爱情洁白无瑕，纯朴专一。

钦 松

（生卒年代不详）

人称金枪将夫人钦松，是贡榜王朝柏东王年间著名女诗人之一。

致意吧！青蛙

聪明智慧的青蛙，
你将无常的
　　　　未来洞察。
请微启你的金口，
为小女子卜卦。
让我魂牵梦绕的他，
一定来到我的窗下。
我要用
　　　　颗颗美钻，
镶嵌你那碧潭无瑕，
献上我微薄的报答。

　　　　　　　　　　（张哲　译）

基甘辛基

（生于一七五七年，卒年不详）

原名吴努，后入佛门修行。后人因其生于基甘村，并在该村的寺庙当住持，便尊称其为基甘辛基，意即基甘村之高僧。他对俗事、佛典与官场都非常了解，写出不少堪称范文的各类密达萨流传至今，还写过各类诗歌多首。

格　言[1]（节选）

想跳舞，

体发痒；

想吃饱，

物品藏。

符箓甚佳，

预言不强；

主人精明，

仆人窝囊。

案件办得好，

　　遗失的金银能找到；

做法太愚蠢，

　　到手的钱财会失掉。

（李谋　译）

1　本诗为密达萨。

到达仰光的貌达耶致吴眉等家人[1]（节选）

古人说：

天竺鸳鸯，

离开小溪找大江，

鱼儿难寻水茫茫。

心中发狠，

想找新人故人丢一旁，

算盘打错更沮丧。

躲过牛角抵，

恰遇牛蹄踢。

怕虎去找道士，

道士凶胜虎。

又有人说：

希望磨光，反而弄脏；

原想沾湿，水深命丧。

犯了错误，迟早反悔，

有了高徒，能登上位。

（李谋　译）

1　本诗为密达萨。

妙瓦底吴萨
（一七六六年至一八五三年）

贡榜王朝巴基道王在位时的四丞相之一，著名军事家、诗人、音乐家。他最有名的作品是暹罗词曲和巴比釉（鼓曲）。巴比釉是贡榜王朝后期最流行的词曲之一，写法不尽一致，表现内容很多。

思　念[1]（节选）

思念啊思念，

盼又盼。

天上的明月啊，

伴有缕缕薄云幔。

我那可爱的人儿啊，

天上的野牛、宝镜、鸳鸯、

双鸡和那小哥儿挑担担，

繁星点点都勾起我的心绪乱。

叶儿啊，

将从树上落下；

叶儿啊，

已被金色染遍。

可爱的绿绒列鸟姑娘，

也来把人的愁思添。

从那高空，

飞来了云烟缕缕，

还有染成黄色的

番樱桃叶子片片。

姑娘啊，

你的家，

离开这皇城宝地太远，

中间还有层层山林阻断。

不知是哪位神灵使用了权威，

派来了金雨使者。

1　本诗为巴比釉诗。

他穿的乌黑战袍，

竟把整个天空罩满。

这种特殊的境界，

怎不使人愁思牵。

……

（李谋 译）

玛妙格礼
（一八〇九年至一八四五年）

贡榜王朝的女诗人、音乐家。因有人告发玛妙格礼支持企图谋反的次子卑谬侯，国王盛怒将其赐死。她的《我所爱的一切》巴比釉及临刑前所作的连韵诗皆在民间广为流传。

我所爱的一切 [1]

我所爱的一切永远不会变，

景色怡人的须弥金山 [2]，

还有四大部洲，

即令这些地方的水源枯干，

大地到了尽头，

我也不会对你厌烦。

即今时间长流逝，

劫波全部过完。

德威崇隆的王啊居于宝座间，

但愿轮回一世世，

在有九种声誉佛的面前，

祝我们常相聚永相连。

奴曾对君倾心谈，

佛祖威力可作证。

知奴发自肺腑言，

两人共同立誓愿。

佛窟耸立在面前，

世间轮回中，

二人同度路漫漫。

盟此奇誓，

爱情永不减。

大地山川，

能作证，

---

1 本诗为巴比釉诗。

2 须弥山：佛教用词。相传山高八万四千由旬，山顶上为帝释天，四面山腰
   为四天王天，周围环咸海，咸海四周有四大部洲。

当评判。

美名传扬天下间，

佛陀吾主三界礼参，

无人能与其比攀，

六色闪烁一光环。

两人常相爱，

犹如河川入海流不完。

即令大地改变，

玉兔银月世代挂天边。

这一切一切，

永远难忘记周全。

（李谋　译）

绝　笔[1]

世间八法[2]，
佛陀在世说过它。
这是世间自然观律，
应该牢牢记下。
所有世间生物，
存在均不久长。
不要因为自己掌权就蛮干，
以为别人只能引颈受难。
有道是人世浮沉轮回无常，
本应摒除一切邪念。
按佛法所讲事物之"行"，
用自己的智慧把它看穿。

（李谋　译）

1　本诗为连韵诗。
2　八法：佛教名词。利、衰、举、毁、称、讥、乐、苦，四顺四违能使人动情，称之为八法或八风。

兰太康丁

（一八三三年至一八七五年）

　　贡榜王朝女诗人，从小在宫中长大，受过良好的教育。她创作过很多诗歌，有连韵诗、四节短诗、雅都、巴比釉等。她首创了"波垒"诗（哀怨诗）。她的宫怨诗表现了诗人的亲身感受，抒发了宫中后妃们孤守空闺，感伤寂寞的哀怨，感染力很强，客观上也从一个侧面暴露了王公们的荒淫腐朽。

　　波垒诗大多一首分五段写成，每段皆分上下两阕。每段中首句和结尾均为四言，且上下两阕韵脚相合，每段韵脚不同，但第二段首句与第一段下阕的韵脚相同。第三段首句与第二段下阕的韵脚相同，以此类推。

盼王归[1]

麟瑞莲花珠宝榻，
月光射入窗帷。
妾身斜卧盼王归。
朦胧天欲晓，
更鼓又急催。

华贵龙床居殿阙，
兰香雅美芳菲。
妾臣自忖王将回。
抚额思往事，
激情启心扉。

夫君当年盟誓愿，
爱奴婢永不违。
情深似海紧相随。
一朝登大宝，
妾立正宫魁。

即令天仙娇妩媚，
夫郎绝不他窥。
偕奴家比翼双飞。
众臣齐叩拜，
共享帝妃威。

1　本诗为波垒诗。

信君言婢身许诺，

情专体贴入微。

变心冷酷惹哀颓。

夫王无笑意，

臣妾自念悲。

（李谋　译）

吴邦雅

（一八一二年至一八六六年）

　　贡榜王朝后期著名诗人、戏剧家。缅甸人称其为
"缅甸的莎士比亚"。吴邦雅作品很多，体裁、题材
都很丰富。他的作品虽然表面上属于宫廷文学或佛教
文学的范畴，但仔细研读可发现，他总是笔锋犀利地
揭露和鞭挞社会和宫廷内部的腐败与黑暗，抨击国王
及时政的同时，表达了对劳苦大众的无限同情。

化缘租船金 [1]（节选）

鳄鱼背积灰土，
田螺壳里无肉。
腰系一层单布，
饭食隔日入肚。
每日清水充饥，
举世无比穷苦。
向穷汉们化缘，
讲遍佛经劫数。
即使口干舌燥，
倒毙讲坛成佛。
一碗雪白大米，
亦难真正收获。

（李谋　译）

1　本诗为密达萨。

卡加务里亚 [1]（节选）

树叶盖顶，
围上笆篱，
立于四周，
苇秆芦荻。
炎日之下，
猪圈狼藉。
砖头做枕，
空地无席。
土当被褥，
病体难移。

（李谋　译）

1　本诗为讲道故事诗。

卖水郎[1]（节选）

（卖水郎上场独白）

唉！……

在这人世间，

填饱肚皮实在难。

喝碗酸菜汤，

吃顿糙米饭，

并不简单。

但愿我有生之年，

能美美吃上一口糙红米饭，

外加清水熬小鱼儿一碗，

也算享点口福，

不枉投生世上做人一番。

尽管我整日

　　为糊口不休息，

　　为卖钱把水担。

可吃上饱饭的日子

　　细细推算，

　　一月之中最多也只有三餐。

那银子和金钱，

更是无缘相见。

我可是响叮当、叮当响的

　　贫者之首、

　　穷人之冠。

叫花子国王见了我，

1　本诗为诗剧。

也会自动让贤。

可见我

真是一贫如洗多么惨。

（李谋　译）

香艾草油[1]（节选）

香艾草油，
在世不长。
死后轮回，
费人思量。
变成煤油，
投生世上。
吾师不识，
亦未提防。
佛陀一尊，
心中敬仰。
善心施舍，
香油奉上。
斜捧油桶，
直浇佛像。
可怜我佛，
其味难当。
只好缩头，
无法评讲。
紧锁双眉，
强忍此桩。

（李谋　译）

1　本诗为密达萨。

贴　金[1]（节选）

只缘贴金一小张，
踩断吾身金耳长。
奉劝施主吴兼披，
速还吾耳免惆怅。

（李谋　译）

1　本诗为密达萨。以佛像的口气质问施主贴金时为何如此粗鲁。

回　复[1]（节选）

国事官场，
变化无常，
凡此种种，
前途渺茫。
吾似天神，
慧眼智囊，
人间俗事，
尽悉端详。
世运将终，
不再久长。
投生俗间，
男子儿郎，
追逐官场，
无边奢望。
吾师有意，
退避一旁。

（李谋　译）

1　本诗为密达萨。

身处囹圄 [1]

征兆不如意，
令人无法。
命运难佑人长久，
泪水流下。
瞻前思后心灰意冷，
夜难入寐迎来朝霞。
真欲把这时代捣烂，
因果不明使人惊诧。
希望美好现实糟糕，
想换个起点为家。
不得已苦笑咧开嘴，
反来问你为何笑哈哈。
言语把真相掩盖，
前途渺茫无以复加，
重重殿阁，
我要离他而去，
官宦人等须远避，
饮食难进心中闷煞。

（李谋　译）

1　本诗为连韵诗。敏东王叫吴达欧将诗人软禁之后，诗人思前想后，对仕途
生活，对朝廷皇帝都寒了心，写了这首连韵诗。

更胜一筹[1]

你若肮脏，

咱脸面，实难洗净。

你捣鬼，

咱迷宫阵，请君入瓮。

你有迷人仙女貌，

咱实魔鹿幻人影。

你心黑，

比恶棍强徒，咱蛮横。

你生硬，

咱更愣。

你执拗，

咱不动。

你如说大话，

那咱能胜。

你果真情薄意浅，

咱一丝友谊不剩。

你真心，

咱满腹痴情，来相敬。

（李谋　译）

1　本诗为连韵诗。

曼莱大法师
（一八四一年至一九一九年）

俗名吴马。学识渊博，著述颇丰，是缅甸一代名僧。

红宝石

白璧偏寻瑕，
狂犬空吠月。
银盘辉不改，
皎皎照无碍。
宝石烁晶莹，
垂涎妒心来。
相污以泥浊，
妄图辱清白。
宝石光无改，
洞中光辉迈。
灼灼比从前，
飞照九天外。

（张哲　译）

曹镇侯吴锡

（生卒年月不详）

　　经历了贡榜王朝实皆王至敏东王四代君王的老臣。他是使"大鼓曲"再次焕发了青春，迈入一个新时代的诗人。

姑娘我去插秧，跟我来啊！[1]（节选）

咱们那块宝田上，

看你插的秧，

长得多苗壮，

哟，快来看呀！

一穗准打十斤粮，

粒粒饱满圆又亮。

咱们那块宝田上，

无人能比攀，

我种的那棵稻啊！

幼象长成成年象，

也没见过这样的穗儿，

一穗准有三尺长。

（李谋　译）

1　本诗为大鼓曲。

吴　基

（生卒年月不详）

　　贡榜王朝晚期的诗人。他擅长写"峦钦"诗（抒怀诗），内容大多与上缅甸的乡村生活有关。上缅甸是缅甸中央平原卑谬东吁以北的地区，是缅族人的主要聚居区。

　　"峦钦"，按其意译就是抒怀诗或感伤诗，类似词曲，可能源于民歌，在贡榜王朝后期较为流行。这种诗体每首分上下两阕，上阕往往比下阕短，两阕结尾皆用"lei"音结束；每阕句数没有严格限制，每句字数以四言居多；韵律与一般缅甸诗歌相同，经常穿插安排一些叠韵句。《朋友，请到咱村来》一诗，以农民的口吻描述了富有上缅甸特色的乡村生活。

朋友，请到咱村来 [1]

朋友，

有空请到咱村来！

近在咫尺离这儿不远。

罗望子树林在村北，

沙针树高耸村中间。

一条大道，

东西伸延。

路北拐角偏西处，

有板着个面孔，

人人畏惧的村长庭院。

由此向南，

就到俺那矮小的茅屋前。

屋中虽无细席坐，

但为你备有牛皮垫。

俺家里人整日忙碌，

有人磨黄香楝粉，

有人弹棉花，

有人纺纱线。

等到天黑，

俺将为你做好上等玉米饭，

还有那青菜香汤，

管叫你吃撑流连忘返。

(李谋　译)

1　本诗为峦钦诗。诗人以一个农民的口吻描述了一个典型的缅甸小村庄和一户普通农家。

真叫人心焦 [1]

番樱结果时，
山水正大。
哥哥去耕地，
回时定会窘急无比。
前有小溪阻，
天上又下雨。
怎不叫妹心忧郁。
那次文身时，
发髻歪落，
身体扭曲，
大叫疼煞我也，
那是妹偷窥时亲眼目击。
就算仅仅一日，
一夜未相聚，
也像过了整整一年，
让妹心惦记。
真叫妹心焦着急。
莫不是
　　因为挡路的湍急小溪，
真不该
　　到河水相隔对面去耕地。
下地的哥哟，
妹好心急！

（李谋　译）

1　诗人以一个少女的口吻写了这首情诗。

吴　桑
（生卒年月不详）

贡榜王朝晚期的诗人，与吴基同时代。以峦钦诗著称。

乡村小景[1]

夜色消，
天将亮。
牛铃响，
备耕忙。
溪水潺潺低声唱。
稻穗低垂，
长得壮。

这些事，
咱村庄习以为常。
汗水滴淌，
去插秧。
待到回家时，
陶锅焖上白米饭，
白煮苏波[2]野菜汤，
深底锅儿赛小缸。
油虽没有一丁点，
味道鲜美分外香。
若说咱村这时光，
并非夸口说大话，
吃食丰富实在强。

（李谋 译）

---

1 本诗为峦钦诗。
2 苏波：缅甸一种常见青菜 Hsu pout 的译音。

木棉花 [1]

来啊，玛特瓦！
咱们一起去捡木棉花。
干的棉桃已开绽，
鹩哥鸟叫吱喳喳，
它把收棉季节告咱家。
你去吗？米赞拉，
把那大筐准备好，
装得满满再回家。

达龙婶，老人家，
收了木棉有钱花。
咱家南边吉祥岗，
刚死那头牛，
剥去皮，骨剔下，
清炖牛肉加上木棉花，
煮得酥烂味道佳。
吃上满满一碗玉米饭，
真叫顶呱呱！

（李谋　译）

1　本诗为峦钦诗。

塞耶佩

（一八三八年至一八九四年）

贡榜王朝晚期一位宫廷诗人。他目睹了贡榜王朝后期缅甸动荡的政局，以及封建王朝的覆灭。他为人刚直不阿，敢作敢为，为了国家利益甘愿牺牲自己，对影响和破坏国家民族利益的事情，他深恶痛绝。这种精神贯穿了他的一生。他是缅甸反殖民文学的开创者，在作品中痛斥侵略者和民族败类，大胆揭露和批判社会腐败。

与国王相比 [1]

白伞与宫阙，
与他不相称。
勋爵那外道邪魔，
灵魂出窍命断送。
没有福分偏乱想，
结果堕入地狱中。
妄比国王惨死如狗，
流尽血殷红。
象王镇住勋爵，
只缘福赐威力无穷。
星洲一站，
金刀处以极刑。
在层层阶梯上，
因僭用白伞两顶，
呜呼一命，
两处刀伤，
若用伞四顶定挨刀四下，
现事现报这是明证。

（李谋　译）

1　本诗为连韵诗，是塞耶佩为讥讽英国总督而创作。寥寥数语，就将他炽烈
　　的爱国情感充分地表达出来。本诗后来被人们广为传诵。由于激怒了当
　　局，塞耶佩随后被捕入狱。

痛　骂 [1]

缅甸人违纪不守法，
亡了国家。
找个新靠山，
小人卑鄙奸诈。
不要亲生父母，
没人性的残渣。
在缅甸人面前狂妄无比，
强盗蟊贼式的恶霸。
洋鬼子要侮辱母亲，
却躲起身来一语不发。
为非作歹干坏事，
继父所为却装聋作哑。
真可谓史无前例的"创举"，
经典上难寻的"佳话"。
奴颜媚态卑躬屈膝，
摇尾乞怜寄人篱下。
见此景恨之入骨，
我失声痛骂。

（李谋　译）

---

[1]　本诗为连韵诗，表达了诗人对甘心当亡国奴、卖国求荣的痛恨。

赛孤儿 [1]

向往神国仙境，
不能如愿命中定。
灾难几番临头，
反复思量心不平。
山河破碎余残生，
王权威力大无穷。
躲过猛虎又落恶僧手，
成语所喻恰分明。
号啕痛哭，
遭遇不幸，
家无片瓦，
命苦贫穷。
褴褛人家堆成殷富，
为腹中食忧心忡忡。
只有奔赴黄泉路，
难见何处有安宁。
我似孤儿伶仃苦，
只望德主佑我生。

（李谋　译）

1　本诗为连韵诗。英国统治全缅初期，诗人家中遭受火灾。火灾后，英国要
　　求其在原地必须改建砖房，诗人无奈悲叹，创作了《赛孤儿》一诗。

金钱至上[1]

这种时代，
金钱至上属第一。
人穷在世，
狗也看你不起。
即令家属名门，
有钱才能如意。
重者浮轻者沉，
此类事已不稀奇。
同母所生，
有物相赠始亲密。
亲朋无需讲，
钱财方有力。
慈悲喜舍四梵行，
丧失殆尽无遗。
据钱财可称霸，
体面无比。
富翁情面，
大如寰宇。

（李谋　译）

1　本诗为连韵诗，表现了英国统治初期，缅甸传统文化受到外来文化的冲击后，人们信仰、道德的衰落。

145

二十世纪二三十年代的缅甸诗歌

缅甸沦为英殖民地后，人民饱尝盘剥欺压之苦，到二十世纪二三十年代人民觉悟逐步高涨，一些反映现实、体现民族自豪感的诗歌崭露头角。

今日农民 [1]

佚　名

今日农民命运糟，
人间世道实在孬。
耕牛涨价多灾疫，
稻种难籴受苦熬。
家物什，
价提高。
比今昔直上云霄。
颠三倒四难评理，
天佑丰收把命饶。

（李谋　译）

1　此诗载一九二一年出版的《太阳》杂志。译者以"鹧鸪天"词牌译成中文。

我缅人歌[1]

德钦丁

我们缅甸人，

太公王朝阿毕罗阇传至今。

释迦族威震寰宇，

暹罗天竺败称臣。

缅甸曾如宝殿顶，

辉煌灿烂照乾坤。

时运不济遭劫难，

沧桑莫测变柴薪。

追根溯源寻根本，

缅甸本属缅甸人。

我们缅甸人，

鼎鼎大名素有传闻，

名扬千古青史永存，

轮到我辈，

岂能俯首他人？！

我们缅甸人，

我们缅甸人，

我们是真正的缅甸人。

我缅人，

我缅人，

铮铮铁骨我缅人，

---

1 一九三○年，德钦丁创作了著名的《我缅人歌》，以激昂的语调回顾了缅甸的光荣历史，鼓舞人民为独立、自由而斗争。这支歌很快便在全缅各地、各阶层人民中流传开来。

大家团结一条心。

为我子孙得幸福，

岂能把我私利寻！

大智大勇我缅人，

要做德钦建奇勋。

缅甸属于我缅人，

我缅人定要做主人。

胸怀宏志立天下，

神裔凤种我缅人。

与世长存我缅人，

国家属我们，

土地属我们，

一切都属于我们。

与世长存我缅人，

国家属我们，

土地属我们，

一切都属于我们。

我们缅甸人，

各族人民都来当家做主人。

这是我们的责任，

我们要做缅甸的主人，

为民族事业奋不顾身。

我们缅甸人，

我们缅甸人，

像东方旭日一轮，

我们的时代一定会来临。

我们缅甸人，

我们缅甸人，

整个缅甸如一家，

国土都属我缅人！

（李谋　译）

德钦哥都迈

（一八七五年至一九六四年）

　　缅甸的伟大爱国诗人，民族独立运动的杰出战士和领导人。他的诗歌很有战斗力和号召力，在缅甸广为流传，深受人们爱戴。诗人生活的时代，正是缅甸社会十分动荡的时期。诗人在童年时代就目睹了第三次英缅战争中，国家由半壁江山沦为英国殖民地。在这样灾难深重的时代，诗人创作的大部分诗歌充分地反映了当时错综复杂的民族矛盾、阶级矛盾。他的作品艺术表现手法精湛，充满了时代气息，真实地反映了社会现状和历史脉搏。从缅甸政治史的角度，他的作品是对缅甸独立在文化方面的莫大支持；从文学的角度，他开创了缅甸文学史上民族自豪感文学的新篇章。

上缅甸婚礼 [1]（节选）

上缅甸的婚礼，
有传统的习俗规矩。
祖母赠谷仓一座，
祖父送耕牛一对。
……
父亲送我毯子、蚊帐，
麻布披巾，谋生的土地。
……
母亲为儿子欢喜，
送来长刀、短刀。
内弟还送来两支短笛。
亲朋好友都有馈赠，
锅碗瓢盆一应俱齐。
……

（李谋　译）

1　一九一四年，德钦哥都迈发表了嘲讽假洋鬼子的《洋大人注》。作品中，以大量的篇幅回顾了缅甸古代的历史事件和文学著作，描述了缅甸民族的生活习俗，同时也阐述了缅甸当时的政治、社会、民族、宗教等方面的情况。他热情地讴歌了缅甸光辉历史和灿烂文化，借以激励民族精神。该作品发表后，震动了当时社会的盲目追求西方文明、丢掉缅甸民族优良传统的一些上层知识分子。此诗是其中的一段。

贺莱涅法师赴英弘法[1]（节选）

阿瓦王朝威名扬，
无畏无虑不知忧。
繁荣昌盛民殷富，
声威光华照四周。
昏沉黑暗一扫光，
名气声望震南洲。
如今王朝成往事，
怎能不令人愁忧。

（李谋　译）

1　这也是《洋大人注》中的一段。

孔雀注 [1]（节选）

（一九一八年英国战胜德国时，诗人满以为民族自治即将实现，兴奋异常）

德人曾称霸一方，

肆无忌惮逞凶狂。

而今携妻室侍从，

逃离柏林奔荷兰。

……

德意志人终败北，

争自治者喜心间。

古城壕畔笑颜开，

欣喜若狂舞翩跹。

……

（缅甸派吴巴佩等三人去英国谈判时，诗人赋诗祝愿此行能如愿以偿）

此去国事定成功，

胜利花枝发新芽。

佩、布、新等赴英伦，

令人兴奋心境佳。

但愿尽除众灾祸，

凯旋返回吾国家。

……

环顾宇内多变幻，

决心迈进新纪元。

1　一九一九年，诗人发表了讽刺和揭露英国官僚统治、激发人民爱国热忱的《孔雀注》。本诗回顾了缅甸历史，颂扬了人民的爱国主义传统。

奔赴异国不列颠，

劝君悔改知倪端。

合理公平诉实情，

奉告英王仔细听。

善心同情允所求，

了解此行民心盼。

……

（一九一九年八月十七日，缅甸各界人士在仰光柔美里大厦举行
群众大会，声援赴英代表）

柔美里会堂，

共同的意愿。

群众齐汇集，

举世共赞赏。

不分城与乡。

不分社与团。

无人来作梗，

心地均善良。

僧俗人势众，

求如意吉祥。

决心盼英人，

平等待我邦。

开此民主会，

全国斗志昂。

为达此目的，

奋发图自强。

……

（赴英代表回到仰光时，潮水般的人流涌向仰光码头，把代表们
簇拥到大金塔）

全城熙熙攘攘，

喜气洋洋。

有幸目睹难忘的景象，

多么想告知先辈啊！

这是缅甸的精神和力量。

……

（代表之一吴吞新回国后辗转各地发表演讲，不幸染病为国尽瘁，全国默哀悼念）

孔雀的母亲啊！

悲痛难忍泪泉涌。

令人赞叹的儿子啊！

当代表远涉重洋，

英名扬四海，气宇轩昂。

死神啊！

为何夺去他生命的光芒？

为儿子祈祷，

愿他永远活在孔雀的大地上。

（李谋　译）

狗 注[1]（节选）

（诗人用狗的形象来讽刺那些不顾民族大义只求个人权势虚荣的
政客）

毛茸茸的哈巴狗，

一副媚骨奴颜，

为了中饱私囊，

圆睁一双狗眼，

争吃一块骨头，

满嘴在流馋涎。

……

（殖民当局实行行政双头制后，诗人深感犹如身处一叶扁舟漂荡
于苍茫大海之中的彷徨忧愤心情。）

面对"双头制"，

还有"自治"策，

脸部虽带笑，

心中实冷漠。

何者真正好，

我意无着落，

不闻世俗事，

瑜伽自康乐。

……

孔雀光辉为何不见？

1　《狗注》中，诗人仿效佛经典注疏的方式，首先饶有风趣地对各种各样
的狗做了叙述和考证，紧接着联系当时缅甸社会现实，淋漓尽致地揭露
和讽刺了那些不顾民族大义只求个人虚荣的政客。

一片阴霾将她遮掩。

领导背弃当年初衷，

像狗一样卑鄙可怜。

（李谋 译）

德 钦[1]（节选）

涅槃已近二千五，
何人曾霸我疆土？
顺天应时显佳兆，
天降德钦擎天柱。

（李谋 译）

---

1 德钦，意即主人。此诗摘自《德钦注》。

德钦大学（节选）

往事成过去，
如今一股劲。
屹立世界上，
缅甸国威振。
我缅人国土，
祖产应承认。
缅人居缅地，
他人莫靠近。

（李谋 译）

佐 基
（一九〇七年至一九九〇年）

　　原名吴登汉，被誉为缅甸写作实验文学的第一人。他的诗歌多为抒发爱国情感或描绘自然美景之作。代表作《金色的缅桂花》《水浮莲之路》等蜚声文坛。佐基的诗音调铿锵、富于想象、清新朴实、充满爱国激情。

金色的缅桂花 [1]

缅桂花开芳菲节，
瑞庭花发不休歇，
盛开真如骄子面，
赏芳时节勿采摘。

花瓣起舞羞怯怯，
交颈缠绵情意切，
碧空荡荡风习习，
乐向人前比欢悦。

黄似袈裟金晃晃，
雍容华贵主吉祥，
迎来新年又一度，
笑向人间捧花香。

（李谋　姚秉彦　译）

1　《金色的缅桂花》是诗人代表作之一。这首诗描写在芳菲时节，缅桂花繁
　　茂盛开，像充满生命力的笑脸，渲染出热情洋溢的气氛。

我们的国家 [1]

起来吧!

缅甸人,

莫泄气,

别灰心。

大家团结一致,

聪明无限,

力量无比。

让咱们奋斗到底!

这是谁的田野?

这是谁的稻米?

负起责任,

做好工作,

用咱们的智慧齐心协力!

（李谋 译）

---

1 《我们的国家》指出缅甸虽然土地肥沃、物产丰富,但人民却贫困,所以诗人号召人民团结一致,依靠自己的智慧和力量,使自己成为国家的主人、土地的主人。

戴缅甸紫檀花的姑娘

小伙子啊,
你好神气!
斜挎着腰鼓。
看你
　　把腰儿左右弯曲。
看你
　　包头巾的头儿舞迷离。
看你
　　派头能与天公比。
看你
　　把拳头朝鼓面一擂,
　　鼓儿的响声似雷击。

姑娘啊,
你别稀奇!
我的鼓儿敲得这样响。
是因为
　　紫檀花在你头上异常艳丽。
是因为
　　你满面春风似的甜蜜笑意。
是因为
　　你那筒裙的色彩翠绿。
是因为
　　在那小路蜿蜒的村口,
　　站着美丽可爱的姑娘——你。

　　　　　　　　　　（李谋　姚秉彦　译）

浪　花

啊！
浪花，一排排，
为向佛塔顶礼，
你搏击而来，
　　虔诚膜拜。
浪花啊，
来自浩瀚的大海，
敞开胸怀一路欢歌，
　　　　　轻松愉快。
然而
　　你喘息未定，
　　拥别佛塔对岸，
　　又复归大海。
浪花啊，
你来自何方？又何往？
尽管我不愿推测，
但我明白。
你如一叶扁舟，
将援助的手臂伸开，
载着搏击风雨，
疲惫不堪的海鸥，
漂洋过海涤尘埃。
想到此，
欣慰欢乐的笑容，
编织紧锁的眉间绽开。

（姚秉彦　译）

当你死去的时候

人生在世，
死总不可避免。
但是
　　当你死去的时候，
应该让哺育你的大地有所进步；
　　让你本民族的语言有所发展；
　　让你礼拜的佛塔，
　　　金光闪闪地留在人间！

（李谋　译）

水浮莲之路（节选）[1]

一

水浮莲，
戴着朵朵浅紫色小花，
在小溪里体态婀娜、徘徊往返。

啊！
我的朋友，芦笛手！
浅紫色水灵灵的水浮莲边靠岸边开口。
蝴蝶们正围在洁白的茉莉花旁左右奔忙。
我想去看望她
　　——我那幼时的好友。

你怀念旧时知己，
这种美好的情谊叫人敬仰。
可蝴蝶们在她家采蜜，
她无暇抽身待客。
我劝你，
还是走自己的路吧！
花儿簇拥在这小溪上！

啊！
我的朋友，芦笛手！

1　诗人在不同年代先后写过《水浮莲之路》四十一首，连在一起也好像是一首长抒情诗。这里仅举他写在最前面的三首为例，供读者赏析。

浅紫色水灵灵的水浮莲又靠岸重开口。
溪流弯弯处那可爱的姑娘将把我拾起，
我要笑着偷窥她
　　　那忸怩动人的面庞，
　　　透过她的手。

你想看美丽的姑娘，
这种爱慕的感情叫人赞赏。
可要小心
　　　姑娘无意碰碎你那可爱的花瓣儿。
我劝你，
还是走自己的路吧！
花儿簇拥在这小溪上！

啊！
我的朋友，芦笛手！
浅紫色水灵灵的水浮莲再靠岸再开口。
原野上的佛塔，
　　　顶上宝伞风铃叮当响。
我想去礼拜
　　　就在这傍晚黄昏的时候。

你要朝觐金色佛塔，
这种虔诚的信念叫人颂扬。
只要你有这种渴望，
迟早能够到达仙界。
我劝你，
还是走自己的路吧，
花儿簇拥在这小溪上！

南风吹，

溪水涨。

扯起你那叶帆片片，

努力！

目的定能实现！

二

溪流中悠然徘徊着，

　　浅紫色水灵灵的水浮莲啊！

你曾借口要看望茉莉花儿，

　　奔向岸边。

溪流中悠然徘徊着，

　　浅紫色水灵灵的水浮莲啊！

你又借口想偷窥姑娘笑脸，

　　游向岸边。

溪流中悠然徘徊着，

　　浅紫色水灵灵的水浮莲啊！

你还借口要朝觐金色宝塔，

　　浮向岸边。

你一次又一次地扯起叶帆片片。

芦笛手一遍又一遍地把你规劝。

愿到达极乐仙界，

浅紫色水灵灵的水浮莲啊！

终日里上下往返在这溪流间。

三

溪流上漂浮着你，

水浮莲——溪水的好友。

遇见弯曲处蜷起身子，

逢到平坦处伸直腰杆。

虽然风儿没有吹来，

水却依旧欢畅地流远。

芦笛手坐在岸边吹起笛子，

与杜鹃的歌喉比个高低。

杜鹃唱，

芦笛和。

恋慕那顺流轻盈走，

　　缓流回眸看的

　　——悠然徘徊着的水浮莲姑娘。

溪流里水浮莲

　　时来时去，忽往忽返。

溪水边芦笛手

　　笛声悠扬，甜美委婉。

请问你

　　来自何处，奔向哪边？

戴着浅紫色小花的姑娘啊！

当日落西山的时候，

　　你在什么地方宿夜歇肩？

（李谋　译）

长　城 [1]

啊！
雄伟高大，
绵亘天涯！
顺着岭巅蜿蜒，
巨龙守卫着国家！

（李谋　译）

---

[1] 一九六一年十月诗人随缅甸仰光大学教授代表团访华期间一路上先后赋诗数首。此诗是他在游览了长城之后，当天写成的一首短诗。当时译者作为翻译随团活动，诗人特意亲笔抄录了包括此诗在内的访华诗篇交给译者留念。

年轻人之歌

雄鸡报晓，

　　五彩晨曦映天红。

杜鹃啼春，

　　群花争艳百草峥嵘。

蛙鸣雨来，

　　绵绵细雨滋润万物生灵。

年轻人引吭高歌，

唤来缅甸的新生。

高擎独立旗，

必将迎来繁荣与昌盛。

（姚秉彦　译）

敏杜温

（一九〇九年至二〇〇四年）

　　敏杜温是位博学的学者，他不仅是诗人、小说家、文学评论家、儿童文学家，还是一位缅甸语言学家、缅甸文工具书的编纂者。他是缅甸实验文学的开拓者之一，是缅甸现当代文学的先导。他的诗作擅长描绘缅甸景物风情，充满了对祖国民族的热爱。他的诗歌意境深沉、乐感和谐，是现代缅甸诗歌脍炙人口的名篇。

林中的路

明媚美景一片，
山岗葱郁，
溪流缓缓，
微风拂面，
怡人林野，
鸟儿啼鸣婉转。

蒲桃树上，
食鼠蛇卷曲盘桓。
枣树林边，
小蜥蜴成双结伴。
在烧过荒的旱田里，
支起捕兔的网绊。
榕树荫下，
笛声悠扬，
歌声不断，
那是
牧童哥儿，
自娱怡然，
抛掷着小木棍儿好不悠闲。
但是
心上人没在身边，
姑娘啊！
真叫我思念。

（李谋　译）

新年的水

新年，新年，
新年的水，
好友们泼水在新年。
大家泼水，
来相唤。

朋友！朋友！
莫来唤。
在这轮回人世间，
我用洁净的水，
只愿泼向一人的身边。

是谁？是谁？
别逼问。
那是远方的心上人。
左思右想确实情，
但难启齿告同伴。

（李谋　译）

胜利花

他头上戴着胜利花；
我头上戴着胜利花。
在咱们国度里，
姑娘们递过来的
　　　盛开不谢的
　　　胜利花！
当和风吹来，
黄金的时刻就要到来啊！
晨鸡报晓放光华，
咱们愉快地行进在大地上。
朝着胜利的大鼓前进，
迎着朝霞敲响它。
让咱们一起
　　　前进，
　　　戴着胜利花！

（李谋　译）

亲爱的姑娘

脱掉羊毛衫，
穿上土布衣。
亲爱的！
请你理解我的心意。
如果你厌恶我这装束，
我会难过无比。
我听
　　妈妈讲过
　　独立的道理。

咱们不需要那些鬼怪电影，
也不想打扮得洋里洋气。
我们要在独立路上迅跑。
为获得解放加倍努力！

亲爱的！
别再安于受人奴役，
让咱们携手奋起，
别再理睬那些洋纱时装，
一起穿上
咱土布衣裳！

（李谋　译）

盼独立的日子

阴暗潮湿，
结夏以后，
雨季将过，
无比明媚，
天空万里晴。

我
在黑暗中，
路难行，
倍熬煎。
何时独立见光明？

（李谋　译）

她的喜悦

他的脸庞啊，
像一轮皓月，
白皙洁净，
笑容可掬。

他的风度啊，
像夜间和风，
潇洒从容，
彬彬有礼。

他的声音啊，
像小溪流水，
轻柔婉转，
娓娓动听。

（李谋　译）

达贡达亚
（一九一九年至二〇一三年）

缅甸新文学运动的代表人物，他主张创作与时代相适应的诗篇，诗歌应反映人民的生活，为人民而创作。他的诗歌题材丰富，既有对情景细致的描绘，又有对内心感受的入微反映。他的诗歌不讲究韵律，喜欢创用新词，在战后的缅甸影响很大。

三月革命

沉默的地平线，
突然泛出白光一线，
好像裂缝，不断伸张蔓延。
红宝石的光，将云层刺破，
刹那间，乌云被染得彤红，
天边一丝曙光朦胧。

雾霭蒙蒙，
山岚静寂，星斗依稀。
微光之下，暗流涌动。
距离河港，不近不远，
一艘小船，从小溪的两岸，
缓缓向前。
农家少年，粗布短袖，
匍匐在船沿。
船舱中的步枪，
条条屏息俯卧，
干草稻秆，
将它们藏掩。

在黑暗中，
小溪宁静闪烁，
迂回蜿蜒。
枣椰树繁茂森然。
那潮水退却的沙滩，
是法西斯放哨的地盘。

溪水转过一道弯，
船儿就挺进山岬畔。
靠近的时候，突然寂静被打破。
响亮的枪声，就回荡在河面。

黑暗的夜晚，云朵片片，
银色的月亮，时隐时现。
时而破云而出，低头微笑，
俯视夜晚，明亮皎皎。
在宽广的田野旁，
茂密的森林边，
昏暗的天空中，
悬挂着白白的圆点，
闪闪烁烁，
摇摇曳曳，
在昏黄的油灯光下，
光辉渐显，
是徐徐降落的飞机，
载满了弹药和武器。

昔日的村庄，
狼烟四起，火苗四窜，
烧杀抢掠，狼藉不堪，
四散而逃，苍穹旷野，
硝烟弥漫。回首望时，
火光如前，微风吹来时，
犬吠奄奄，似精疲力竭，
似残喘哀叹。

山花开时，黄叶已老。
和土中的枯红的树叶一起，
上下翻飞。
因为春天到了，所以老叶落了。

老叶落了，枯叶没了，
生活的面貌就会焕然一新了！
赶着新一轮的花期，
红旗上的白花也将怒放！

（张哲　译）

丧　事

拥挤不堪的小巷中，
在路口拐弯处的一个茅草房前，
望过去时，油灯昏黄，
闪耀的灯火中，屋檐下，
是个快散架的小马扎，
还有停放着她遗体的担架。

棺材里头，
放着玫瑰，
玫瑰已经枯萎泛红发黄。
一块筒裙，
蒙着她的头。
她的孩子，
骨瘦如柴，
蓬头垢面，光着身子，
一把鼻涕一把眼泪，
不停地在抽泣，
哭着要喝奶。

门口放鞋的地方，
有坐着的，
有站着的，
有的汗流浃背，
有的弯腰搔痒，
都是刚刚收工的人，
吵吵嚷嚷，

时而又互相议论，
这些都是街坊邻居。

路边上，
起灶烧水，
青烟袅袅，
热腾腾的粗茶，
招待大家管够。

这时，
丧了妻的男人，
沉默地叼着烟斗，
倚着草房的门，
朝前方张望。
盼着来帮办丧事的人来。

（张哲　译）

努　茵
（一九一六年至二〇〇六年）

缅甸当代著名女诗人，是著名作家敏杜温的妹妹。除诗歌创作之外，还擅长儿童文学。曾于一九五八年出版诗集，一九七一年获文学宫奖与国家文学奖，一九六五年获国家文学诗歌原创奖，一九六九年获国家文学奖。

静静流淌的溪水

那边的村庄，
和这边的村庄，
之间有一条小溪，
悄无声息，
静静流淌，
仿似玉带，
清凉而又绵长。
那边的村庄，
和这边的村庄，
之间有一座桥梁，
年久失修，
百孔而又千疮，
桥柱稀疏，
在溪水中摇摇晃晃。

那边的村庄，
种着萝卜和茄子，
各种水果，
美丽芬芳。
蔬菜新鲜繁多，
各式各样；
卖菜的姑娘，
把果蔬卖到城里的市场，
归来将菜钱数量。
可结果，
辛苦的奔忙，

换来的还不够填饱，
辘辘的饥肠。

这边的村庄，
岸边熙熙攘攘，
船儿挤满了河港，
米粒儿挤满了船舱。
做生意的商人，
又买又卖好繁忙。
村里的果蔬，
缤纷多样。

天还未亮，
村民就用头顶着，
陆续送往了市场。
货商还有中间商，
将价钱一压再压，
抬走了果实，
留下空空的竹筐。

回来的路上，
走过残破的桥梁，
卖菜的姑娘，
倦容憔悴，
心中怅惘。

桥下的溪水，
依旧静静地流淌。
众生之相，
世态炎凉，

所见所闻，
皆让人心碎忧伤。
桥下的溪水，
依旧清泠澄澈，
潺潺如常。

（张哲　译）

内达意
（一九二五年至一九五八年）

原名杜钦意，缅甸女诗人。缅甸诗人敏友威之妻。她的诗受实验文学影响，朴实无华，意境深沉。一生写诗八百余首，译过泰戈尔的诗篇，还写过一些小说。

旅　人 [1]

旅途艰险不欲行，
孔雀啼鸣力倍增。
漫漫长路何时尽？
白鸽啊！
激励我的是你优美的声音！

（姚秉彦　译）

1　诗人用孔雀、白鸽这两个缅甸妇孺皆知的吉祥象征物，来表达心声，希望
　　早日结束缅甸内战，团结一致，共同奋斗，迈向美好的未来。

敏友威
（一九二八年至今）

缅甸当代诗人。一九六〇年为纪念亡妻内达意，创办《内达意》文学杂志，任主编。

敏友威

月亮躲起来的时候

漫长的一天，
四处弥漫着硝烟。
杀伐声从未间断。
可怕的手榴弹，
和着密密的枪林弹雨，
将可爱的村庄毁于一旦，
村民惨遭涂炭。
往日活泼的场院，
只剩下一息奄奄，
仿佛阴森的坟圈。

夜来了，
月亮皎洁，
清辉四射，
银光闪闪中，
被火烧过的废墟，
萧萧瑟瑟。
残梁断瓦，
悲哀沉默。
在烧焦的土地上，
尸堆如山，
或仰面朝天，
或俯卧向地，
或蜷曲倾倒，
让人不禁，
将双眼紧合。

风中夹带血腥，
浓重的硝烟也和它
慢慢混在了一起。

略远处传来，
刺耳的狗叫。
好像是伤心的哀号，
又好像是恐怖的吼啸，
听起来让人心惊肉跳。

这时，
一个毫发未伤的婴孩，
从遍野的横尸中，
活着，
爬了出来。
他刚刚昏了过去，
但却躲过了死神，
苏醒过来。
可怜的孩子啊，
才刚刚只满一岁。

妈妈，你在哪里啊？
可怜的孩子啊，
悲恸地哭泣，
鼓起了勇气，
去找寻自己的母亲。

过了些许时候，
在如银的月光中，
找到了自己亲爱的母亲。

但她已经仰面朝天，
停止了呼吸。

唉……
可是
妈妈的心肝宝贝，
还不知眼前的一切，
是怎样一回事？
他饿得发慌，
凭着本能，
在母亲宁谧的，
仍然流着血的怀中，
高兴地吮起了甘甜的乳汁。

这时，
月亮也不忍再看，
掩面躲入云朵，
留下大地
一片黑暗。

（张哲　译）

我爱这个地方 [1]

尽管坎坷不平，荆棘丛生，
　　又不优雅宁静；
尽管荒凉无荫，炎热如焚，
　　太阳逞威；
尽管萧索无飞禽，
　　连八哥也不来问津；
尽管田地龟裂，草木凋零，
　　花香无处闻。
亲人在，恋情深。
这个地方对我格外亲。

（姚秉彦　译）

1　本诗表达了对亲人、故土的深深眷恋之情。

苗敏崔

（一九三三至今）

原名吴妙当，缅甸当代诗人、画家。

月与人 [1]

自古明月寄相思，
月皎好，对月儿多笑。
想昔日旧好，恨今日分抛。
几多心事，暗求月娥保。
今人才智高，向月架天桥。
人类登月去做客，旌旗飘，
月娥羞见踪杳渺。

（姚秉彦　译）

1　此诗写于一九六七年。

佐　瑙
（一九四五年至今）

　　缅甸当代诗人。常以一些普通事物为题发表一些短小精悍的诗作，借题而发，寓哲理、观点于其中。还曾翻译我国著名诗人艾青等人的诗歌在缅文报刊上发表。

啊，玫瑰花

——赏一幅玫瑰花画有感

火红火红的玫瑰花，
插在花瓶里。

啊，玫瑰花！
诗情画意，
美得令人享受与回味。
它使我增加了新生的力。
就向火焰熊熊燃起。
我的身躯，
不由自主地
　　似乎将飞天，
　　似乎要入地。

它感染了我，
整个身心都在战颤惊奇。

火红火红的玫瑰花，
出自谁的手笔？
我真想与作者攀谈几句。

（李谋　译）

冰块儿

想当初，
好气派，
整整一大块。

渐渐地，
变小了，
最后……

在啤酒杯里、
香槟酒杯里、
威士忌酒杯里，

也在橘汁杯里、
　果汁杯里。

静静地
十分安静地
改变了形态，
在汁液里溶解开。

（李谋　译）

酸泡菜

酸泡菜，
酸泡菜，
不起眼儿的菜。

泡菜坛，
被丢在屋角，
黑暗把它笼盖。

只有胃口不好，
才会把它打开，
嗯，味道不赖，
　　的确不赖……

（李谋　译）

薄脆饼

一张，
复一张，
大大的
一大沓薄脆饼。

没有馅儿，
没有夹心儿，
白的
一张张白的薄脆饼。

孩子们的点心、小吃
薄脆饼。

一大沓薄脆饼，
一阵风吹过，
散了开来，
撒满地当中……

（李谋　译）

写给杜鹃鸟

在这世上，
夏在何处？
朋友，
请不客气地告诉我：
夏，夏，夏，
在何处？夏在何处？

不论是多么艰难的旅途，
我也会阔步上路。
在夏的世界
到处遨游漫步。
无畏地投入到
夏的火焰里，
吟一首诗，唱一首歌。

我的歌啊！
就是
　　——和平。

（李谋　译）

在诗人的嘴角边……

世界之上
永远微笑的人，
是什么样的人？
他就是
　诗人。

与亲爱的人见面时，
诗人在微笑。

与敌对者见面时，
诗人也在微笑。

诗人
永远伸出他的手
散发那微笑的花。

诗人的微笑
对心灵美好的人们，
是一朵芬芳的神花。
对精神不纯、
　居心不良、
　办亏心事的人们，
诗人的微笑
可能是炸弹
也许是火箭。

正如俗语说：

狮子血只能存于纯金杯里[1]。

在诗人的嘴角边

　　有诗。

风雨烈日，

世界之上

能够永远微笑的人，

他，他，他

啊，只有他一人！

（李谋　译）

1　缅甸俗语，意即凤凰择木而栖。

皎勃当梭敏
（一九四八年至今）

原名吴梭敏，缅甸当代诗人。

落　叶

枯叶随风荡，
身轻体又狂，
穿云破雾，
九重霄扶摇直上。
不念狂风抛，
逍遥远，
薄幸郎。
雨季方知枯叶何处栖傍。

（姚秉彦　译）

译后记

中缅两国，山水相连，胞波情谊，源远流长。诗歌是语言和文化的精华，它高度凝练地反映一国的社会生活、传统文化和民族审美。本诗选选译了缅甸古今经典诗歌九十余首。古代诗歌的题材以描写自然风光、歌颂佛陀和帝王、表达青年男女爱情为主。现代诗歌的题材大多反映了缅甸反殖民、争取国家独立自由的历史进程。这些诗歌，贴切生动地反映了缅甸人民的生活。

缅甸古代诗歌中有很多富有缅甸特色的诗歌意象，如"金塔""宝殿""神山""雨季""白伞"等，现代诗歌中典型的诗歌意象以"水浮莲""缅桂花"等为主要代表。深受上座部佛教文化的影响，缅甸诗人在创作诗歌时，对佛教教理名词娓娓道来，将其自然地融入诗歌中。"禅定""三界""轮回""慈悲喜舍"等宗教词汇，在缅甸古代或现代的诗歌中十分常见。诗言志，歌咏言，缅甸诗歌充分地反映了缅甸人民心之所向，志之所存，是进入缅甸人民精神世界的一把钥匙。

本诗选所选诗歌时间跨度较长，诗歌体裁纷繁，难免挂一漏万，请读者、专家包涵指正。另外较为遗憾的是，本诗选对于现当代诗歌只选译了较少部分，尤其是当代诗歌部分，亟待日后学者的补充。

最后，感谢北京大学外国语学院对本诗选出版的大力支持。愿本诗选能为中缅两国人民的友谊和文化交流做出贡献。

张　哲
二〇一七年十二月八日

总　跋

经过两年多时间的筹备与组织，"'一带一路'沿线国家经典诗歌文库"终于将陆续付梓出版，此刻的心情复杂而忐忑，既有对即将拨云见日的满满期待，更有即将面见读者的惴惴不安。

该项目于二〇一五年下半年开始酝酿，其中亦有不少波折和犹疑。接触这个项目的所有人都无一例外地认为，这是应该做而且只有北大才能做的事情，也无一例外地深知它的难度。

"一带一路"跨度大、范围广，多语言、多民族、多宗教、多文明交融，具有鲜明的文化多样性特征。整个沿线共有六十余个国家，计有七十八种官方或通用语言，合并相同语言后仍有五十三种语言，分属九大语系。古丝绸之路尽管开始于政治军事，繁荣于商旅交通，但其更重要的意义在于促进了人类文明的交往。它连接了中国、印度、波斯和罗马等文明古国，跨越埃及文明、巴比伦文明、印度文明、中华文明的发祥地，是东西方文明交流互鉴的重要通道。

如何更好地展现"一带一路"沿线人民的文化特质和精神财富，诗歌无疑是最好的窗口。诗歌是文学王冠上的明珠，精敛文学之魂魄，而经典诗歌则凝聚着各个国家民族的文化精神和文化理想，深刻反映沿线国家独有的价值观和对世界的认识。长期以来，中国学界和出版界一直比较重视欧美发达国家诗歌的译介与研究，对发展中国家尤其是一些弱小国家的诗歌研究存在着严重忽略的现象。我们希望通过对"一带一路"沿线国家经典诗歌的研究，深刻地了解一个国家，理解它的人民，与之建立互信，促进国内学界对"一带一路"沿线国家文学、文化和文明的了解，弥补我国诗歌文化中的短板，并为中国诗歌走向世界提供思路和借鉴，从而带动与"一带一路"沿线国家的深层次交流，为中国的对外交往和"一带一路"倡议的实施提供人文支撑。

北京大学外国语学院组织国内外相关领域的专家学者，于二〇一六年一月，正式启动"'一带一路'"沿线国家经典诗歌文库"项目。该项目以北京大学人文学科的优良传统和北大外语学科的深厚积淀为基础，以研究和阐释"一带一路"沿线国家厚重的历史、文化内涵为己任，充分发挥本学科在文学、文化研究领域的传统优势和引领作用，积极配合和支持国家的"一带一路"倡议，为中外优秀文化的研究、互鉴和传播做出本学科应有的贡献。

北京大学外国语学院牵头组织的"'一带一路'沿线国家经典诗歌文库"项目，旨在翻译、收集、整理和编辑"一带一路"沿线六十余个国家的诗歌经典作品，所选诗歌范围既包括经典的作家作品，也包括由作家整理的、具有广泛影响力的史诗、民间诗歌等；既包括用对象国官方语言创作的诗歌，也包括用各种民族语言创作、广泛传播的诗歌作品。每部诗集包括诗歌发展概况、诗歌译作、作者简介等三个部分。

在此基础上，形成由五十本编译诗集构成的"'一带一路'沿线国家经典诗歌文库"第一批成果，这将弥补中国外国文学界在外国诗歌翻译与研究方面的不足，特别是对部分"一带一路"沿线国家的经典诗歌开展填补空白式的翻译与原创性研究工作具有重大意义，同时对沿线诸多历史较短的新建国家的文学史书写将具有十分重要的价值。

该项目自启动以来，先后成立了编委会和秘书组，确定项目实施方案、编译专家遴选以及编选的诗歌经典目录，并被确定为北京大学一百二十周年校庆的重要出版项目之一，得到学校、校友及社会各界的大力支持，建立起以北京大学外国语学院为核心，汇集国内外相关领域知名专家学者、翻译家的翻译、编辑团队，形成了一个具有高度共识和研究能力的学术共同体。

在这个共同体中的每个人都是幸福的，与诗为伴，以理想会友，没有功利，只有情怀。没有人问过我们为什么要做，每个人只关心怎样可以做得更好。无论是一无所有之时还是期待拿到国家出版基金支持之日，我们的翻译团队从没有过犹豫和迟疑，仿佛有没有经费支持只是我一个人需要关心的事情，而他们是信任我的。面对他们，我没有退路，唯有比他们更加勇往直前。好在我一直是被上苍眷顾和佑护的人，只要不为一己之利，就总能无往不胜。序言中，赵振江教授说了很多感谢的话，都代表我的心声，在此不再重复。我想说的是，感谢你们所有人，让我此生此世遇见你们。如果可以，我还想在此感谢我的挚爱亲人，从没有机会把"谢谢"说出口，却是你们成就了今天的我。

希望通过我们台前幕后每一个人的努力，把"'一带一路'沿线国家经典诗歌文库"项目打造成沿线国家共同参与的地域性的文化精品工程，使"文库"成为让古老文明在当代世界文化中重新焕发光彩、发挥积极作用的纽带和桥梁。

人也许渺小，但诗与精神永恒。

宁　琦

写于二〇一八年"文库"付梓前夜，北京

图书在版编目（CIP）数据

缅甸诗选 / 赵振江主编；李谋，张哲编译 .—北京：作家出版社，
2019.8（2019.9 重印）

（"一带一路"沿线国家经典诗歌文库 . 第一辑）

ISBN 978-7-5212-0482-7

Ⅰ . ①缅…　 Ⅱ . ①赵… ②李… ③张…　 Ⅲ . ①诗集—缅甸

Ⅳ . ① I337.2

中国版本图书馆 CIP 数据核字（2019）第 067412 号

缅甸诗选

主　　　编：赵振江

副 主 编：蒋朗朗　宁　琦　张　陵

编 译 者：李 谋 张 哲

选题策划：丹曾文化

责任编辑：懿　翎　方　焱

装帧设计：曹全弘

出版发行：作家出版社有限公司

社　　　址：北京农展馆南里 10 号　　　邮　　编：100125

电话传真：86-10-65067186（发行中心及邮购部）

　　　　　86-10-65004079（总编室）

E-mail:zuojia @ zuojia.net.cn

http://www.zuojiachubanshe.com

印　　　刷：北京通州皇家印刷厂

成品尺寸：160×240

字　　　数：317 千

印　　　张：14.5

版　　　次：2019 年 8 月第 1 版

印　　　次：2019 年 9 月第 2 次印刷

ISBN 978-7-5212-0482-7

定　　　价：50.00 元